UN BEL PEZZO DI MANZO

SERIE UOMINI SUCCULENTI - 1

VANESSA VALE

Copyright © 2021 by Vanessa Vale

Tutti i diritti riservati. Nessuna parte di questo libro può essere riprodotta o trasmessa in qualunque forma o mezzo, elettrico, digitale o meccanico, incluso ma non limitato alla fotocopia, la registrazione, la scannerizzazione o qualunque altro mezzo di salvataggio dati o sistema di recupero senza previa autorizzazione scritta da parte dell'autore.

Vale, Vanessa
Titolo originale: Sir Loin Of Beef

Cover design: Bridger Media
Cover graphic: Deposit Photos: Period Images

ISCRIVITI ALLA NEWSLETTER

Unisciti alla mailing list per essere informato per primo su nuove uscite, libri gratuiti, premi speciali e altri omaggi dell'autore.

http://vanessavaleauthor.com/v/db

PROLOGO

UKE

MIO PADRE mi ha sempre detto che nel momento in cui avessi visto la donna giusta per me, l'avrei capito. Su due piedi. Nel giro di un secondo, gli sarei appartenuto. Da single a irrevocabilmente impegnato. Dal momento che Jed era il mio migliore amico sin dall'asilo, anche lui aveva sentito quella storia. E da allora, avevamo sempre pensato che avremmo trovato la *stessa* donna. Quella giusta per *entrambi* noi.

Probabilmente non era ciò che aveva avuto in mente mio padre, ma ci era rimasto impresso così.

Da bambini, ci limitavamo a sorridere e annuire, assecondando lui e le sue parole. Da adolescenti, roteavamo gli occhi ogni volta che continuava a ricordarcelo. Avevamo visto un sacco di ragazze – avevamo guardato attentamente – eppure non avevamo ancora mai voluto tenercene nessuna. Scoparcele, decisamente, ma nulla più.

Più crescevo, più le sue parole assumevano un senso e capivo che non mi aveva rifilato una banalità solo per mantenermi vergine fino alla mia notte di nozze – non aveva funzionato per me, né per Jed o i miei fratelli. Il modo in cui i miei genitori si amavano e lo dimostravano quotidianamente dimostrava la sua teoria. Non c'era dubbio sul fatto che lei fosse il centro del suo mondo, che tutto ciò che lui faceva ruotasse attorno alla sua felicità.

E adesso, a trentadue anni, volevo lo stesso per me. Credevo a mio padre. Non alzavo più gli occhi al cielo. Invece, aspettavo.

E aspettavo.

Anche Jed.

Fino alla notte che mi cambiò la vita. Possono anche chiamarmi Bel Pezzo di Manzo, ma quando ho visto *lei* per la prima volta, mi sono proprio cotto a puntino.

1

UKE

L'ULTIMA COSA che volevo vedere dopo una lunga giornata in cantiere era un tizio con indosso nulla a parte una fottuta mutandina inguinale che ondeggiava i fianchi facendo roteare l'uccello.

«Che cazzo sta succedendo qui?» chiesi, afferrando Jed per una spalla e facendolo voltare. Ero entrato dalla porta sul retro del Cassidy e l'avevo trovato dietro al bar. Ovviamente, mi ero perso il cartello all'ingresso che avvisava degli spogliarellisti maschili. Dal momento che era lui il proprietario del locale, era una vera sorpresa. Il mio migliore amico non propendeva per... certe cose più di quanto non lo facessi io. Non mi aveva detto nulla al riguardo.

Jed sogghignò quando mi vide, porgendo un margarita con sale ad una ragazza. «Serata donne,» mi gridò sovrastando le urla femminili e le esclamazioni di "levatelo!"

Aprì due bottiglie di birra, le posò sul bancone in legno lucido davanti ad una signora e se le fece pagare con una banconota da dieci dollari.

C'erano due baristi che si stavano facendo il culo a riempire bicchieri e mi rivolsero un breve cenno di saluto con la mano. Jed era impegnato ad aiutarli. Ero già stato lì per una "serata donne" in passato, ma non era mai stata così.

«Che ci fanno qui quelli?» urlai di rimando, chiudendo gli occhi e scuotendo la testa quando il ballerino si voltò, si piegò a novanta e mise in mostra il sedere nudo. A parte il filo sottile del costumino giallo che gli passava tra le natiche, riuscivo a vedere tutto... e lo stesso valeva per le signore nel pubblico, per la loro gioia. Io, d'altra parte, ora avrei voluto cavarmi gli occhi. «Cristo,» mormorai distogliendo lo sguardo. I bassi della musica erano potenti e riuscivo a sentirne le vibrazioni attraverso il pavimento.

Non avevo alcun problema con gli spogliarellisti, ma mi piaceva vedere tette grandi e una figa gonfia dopo un piccolo spettacolo. Non quello.

«Julia ha pensato che avrebbe fatto bene agli affari. Lei e le sue abilità di marketing all'opera.»

A giudicare dal numero di donne stipate nel bar e nella zona ristorante, mia sorella ci aveva visto giusto. Probabilmente ogni donna di oltre ventun'anni nel raggio di trenta miglia da Raines si trovava lì. A giudicare dal modo in cui agitavano banconote, dubitavo che perfino i vigili del fuoco sarebbero riusciti a smuoverle da lì.

A proposito di vigili del fuoco, la musica cambiò e un nuovo ballerino salì sul palco. Con indosso un costume da pompiere. Mi chiesi cosa gli sarebbe rimasto su a parte l'elmetto di plastica rossa che aveva in testa. Per fortuna, quel tizio non lo conoscevo. Di nuovo, mi sarei cavato gli occhi.

Afferrando uno straccio, Chris si pulì le mani e lo gettò sul bancone.

«Perché Julia mi ha scritto di passare di qui?» chiesi. «Non ho bisogno di vedere questa roba.» Accennai allo strip tease. Con una mano a tenermi la tesa del mio cappello da cowboy contro la coscia, mi sfregai l'altra sugli occhi. Dopo aver avuto a che fare con un cliente che cambiava sempre idea e un costruttore di tetti in ritardo, desideravo solamente una birra ghiacciata e una doccia. Gestire un'impresa tutta mia di costruzioni e ristrutturazioni avrebbe dovuto essere meno stressante che cavalcare un toro. Non era affatto vero.

«Non sei qui per gli uomini, ma per le *donne*,» mi disse Julia alle mie spalle.

Girai sui tacchi dei miei stivali al suono della sua voce. Lei piegò la testa di lato così che potessi darle un bacio sulla guancia come facevo sempre, invece, le posai il palmo della mano contro la fronte e la spintonai delicatamente. Essendo venti centimetri più bassa di me e pesando quaranta chili in meno, era facile prenderla in giro. Che sciocca.

«Donne? Da quando ho bisogno di aiuto con le donne?» le chiesi, appoggiandomi al bancone così da fronteggiare lei, non l'uomo con solamente un elmetto da pompiere a coprire la sua... pompa. Merda.

Julia roteò gli occhi. Per quanto fosse la più giovane di noi quattro, si era assunta l'incarico di trovare una moglie per tutti i suoi fratelli. Tutti e tre. Perfino nonostante lei stessa fosse ancora single. Uno spettacolo maschile, però, era una svolta interessante.

Lei mi prese la mano sinistra, sollevandola. «Da quando non c'è nessun anello su questo dito.» Lanciandosi un'occhiata alle spalle, guardò Jed. «E nemmeno uno sul suo. Ho pensato che avrei portato io le donne da voi.»

«Perché ci sono qui io invece di Tucker o Gus? Loro sono

single quanto me,» borbottai, spostandomi così che uno dei baristi potesse prendere qualcosa dal frighino alle mie spalle.

«Perché i tuoi fratelli sono stati abbastanza scaltri da scoprire della serata donne prima di arrivare qui. Tucker ha detto, e cito testualmente... "col cazzo".»

Sembrava proprio Tucker, per quanto lui fosse sempre a caccia delle donne più selvagge e gli piacesse domarle col suo amico. Doveva aver pensato che trovare una donna lì sarebbe stato come pescare in un acquario, se non altro per farsi una rotolata nel fieno – o una sveltina nel bagno. E quelle donne erano vogliose di cazzo, specialmente quella che aveva appena lanciato le proprie mutandine ai piedi dell'ultimo ballerino. Erano più vogliose delle groupie da rodeo ed io quelle le conoscevo bene. Così come le loro mutandine.

«E Gus?»

«Ha detto di avere un appuntamento.»

«Gli hai creduto?» Io no. Gus non andava a degli appuntamenti. Lui scopava. E non da solo. Dire che ai Duke piacesse condividere era un eufemismo. Ognuno di noi progettava di rivendicare una donna assieme ad altri. Io avevo intenzione di trovarne una con Jed. Le avremmo rovinato la piazza per qualunque altro uomo, l'avremmo marchiata col nostro seme e resa nostra. Già, mia e di Jed. Avevamo condiviso ogni cosa sin dall'età di cinque anni. Rivendicare una donna assieme aveva semplicemente senso.

Julia si limitò a fare spallucce. «Uno di voi tre che si presenta qui per me basta e avanza.»

Sospirai. «Allora cos'è che vuoi che faccia, esattamente?» Mi interruppi, sollevando una mano. «Aspetta, non ti aspetterai che io, che uno chiunque di noi due-» Indicai col pollice il palco alle mie spalle.

Lei mi squadrò da capo a piedi, scrutando la mia maglietta nera, i jeans slavati e gli stivali. Tipico abbigliamento da una giornata di lavoro. «Ora che me lo dici... hai un caschetto nel furgone? Uno di quei giubbotti catarinfrangenti?»

«Non esiste.» Feci un passo verso l'uscita e lei mi posò una mano sul petto. Jed si limitò a guardarci, mentre infilava del ghiaccio in un bicchiere e rise.

«Stavo scherzando,» urlò lei sovrastando i bassi di una nuova canzone che risuonava dalle casse, poi sogghignò. «Non ho idea di come fai a gestire un ego così smisurato. Dev'essere schiacciante.»

Ego? Diavolo, no. Era grande quanto le mie palle. *Loro* sì che erano impressionanti. E in quel preciso istante, erano piene di seme. Era passato troppo tempo dall'ultima volta che avevo scopato e non vedevo l'ora di riempire la donna giusta fino a svuotarmi. Marchiarla, metterle addosso il mio odore così che tutti sapessero che era mia. E poi avrei concesso a Jed il suo turno.

Julia continuò a parlare. «Solo perchè sei ragionevolmente attraente e anche famoso e tutto il resto non significa che le donne vogliano vedere i tuoi gioielli di famiglia. E non hai minimamente il senso del ritmo. Non sei affatto capace a ballare... nemmeno mezzo nudo.»

Decisi di glissare sulle critiche alle mie capacità di ballo, perché era vero. Non solo ero pessimo a farlo, ma odiavo ballare. Jed conosceva un paio di mosse da esibire in pista, ma non vidi Julia cercare di tormentarlo per farlo andare a spogliarsi. E lui era come un quarto fratello, per lei.

«Non sono così timido, ma sono tipo da una sola donna,» le dissi. Ed ero in cerca di una donna da due uomini. «Non-» Lanciai un'occhiata alla folla e rabbrividii. «Duecento.»

Adoravo le donne. Di tutte le forme e le taglie. Veneravo

tutto, dai seni piccoli e sodi a quelli floridi che ti riempivano i palmi delle mani. Dalle forme snelle e sinuose a quelle piene a cui ci si poteva facilmente aggrappare. Non facevo discriminazioni, non quando si trattava di figa. Amavo la figa. La sensazione, l'odore, il sapore. Mi veniva l'acquolina in bocca dalla voglia di averne un po'.

Eppure non avevo bisogno di mia sorella che sceglieva lei la figa per me e Jed.

Eravamo in grado di trovarcela da soli. Julia pensava che avessimo donne a lanciarci le mutandine addosso a destra e a manca, ed era stato così quando eravamo stati nel rodeo professionistico. Non in quel momento. Subire l'infortunio, mollare e tornare a casa per mettere su famiglia mi aveva fatto capire che cosa mi fosse mancato. E Jed mi aveva seguito poco dopo. E non era una figa accessibile ciò a cui stavamo dando la caccia. No, era *la* figa. Quella che avevamo cercato e che ancora non avevamo trovato. Io ero alla ricerca di un impegno. Di una relazione a lungo termine. Di casette col giardino e tutto il resto. Di metter su famiglia con la donna perfetta, la *figa* perfetta e non guardare mai al passato. Tuttavia, non avevo intenzione di dirlo a mia sorella altrimenti mi avrebbe organizzato appuntamenti al buio a non finire. Anche Jed. Quella visita al bar non sarebbe stata nulla in confronto a ciò che ci avrebbe fatto passare.

E per quanto riguardava Tucker e Gus, se loro pensavano che avessimo una donna diversa nel letto tutte le sere, io non avevo intenzione di correggerli. Mi avrebbero tormentato a morte se avessero saputo la verità. Mi avrebbero detto che mi sarebbe caduto l'uccello se non l'avessi bagnato di tanto in tanto. Lo stesso valeva per Jed.

«Allora voi due dovete sceglierne una.»

Inarcai un sopracciglio di fronte all'affermazione di Julia. Sapeva che avremmo condiviso una donna da…

sempre. Lo stesso valeva per gli altri suoi fratelli. E anche per lei, per quanto non volessi pensarla con un uomo, figuriamoci due.

«Io non ci vado là in mezzo. Potrei non tornarne vivo. O con i vestiti addosso.»

Era come farsi gettare in pasto a dei lupi.

«Lo dici come se fosse una brutta cosa. Scommetto che ti ritroveresti con un sacco di soldi nelle mutande.»

Jed rise mentre ci passava accanto, prendendo qualche lime.

Allungai una mano e feci cadere il mio cappello da cowboy sulla testa di Julia. Con le dita, lei se lo sollevò sulla fronte così da riuscire a guardarmi. Io mi limitai a fissarla, per nulla divertito.

«Bene. Resta qua ad aiutare Jed con i drink, allora. Il bar dovrebbe essere una barriera abbastanza grande da tenerti al sicuro fino a quando non ne troverai una che ti ispiri.»

Mi diede una pacca sul petto e si allontanò, portandosi via il mio cappello.

Che mi ispiri? Parlava come mia nonna.

«Quando è diventata così prepotente?» chiesi a Jed.

Lui sogghignò di nuovo mentre affettava un lime su un piccolo tagliere. «Alla nascita, credo. Io non dovrei parlare, però. Le sue strategie di marketing mi stanno fruttando parecchio.»

Decisamente vero a giudicare dalle dimensioni della folla, specialmente per un giovedì sera.

Avrei potuto semplicemente andarmene, tornare a casa e farmi quella doccia e quella birra, ma Jed e gli altri baristi si stavano facendo il culo. Avevano davvero bisogno di un po' di aiuto per stare dietro alle ordinazioni, se non altro fino a quando le cose non si fossero placate un po'. Il Cassidy era l'unica fonte di sostentamento di Jed ora che non era più nei rodei e girava bene. La gente del posto ci andava per il cibo o per bere, i turisti vi si fermavano durante il tragitto verso il Glacier National Park – e le donne venivano per gli spogliarellisti. Dovevo solamente chiedermi come Julia avesse trovato gli spogliarellisti, tanto per cominciare. E quello non era un pensiero su cui volessi soffermarmi, per cui afferrai un canovaccio, me lo gettai in spalla e mi misi al lavoro.

Un paio di donne mi riconobbero, cercarono di parlare con me. Una mi aveva passato le sue mutandine... cosa che, un paio di anni prima, sarebbe stata eccitante da morire, ma adesso tutto ciò che riuscivo a pensare era quanto fosse anti igienico sul bancone del bar. Un'altra mi aveva chiesto un autografo su un tovagliolo – che ero stato più che disposto a concederle – e un'altra aveva voluto farsi un selfie con il famoso campione dei rodei. Per fortuna, i ballerini erano una distrazione e, grazie al cielo, più allettanti di me. Nessuno indugiava al bar quando c'erano uomini in perizoma dall'altra parte del locale. Un lato che io cercavo di non guardare miscelando margarita con più vigore del necessario.

«Che cosa posso servirti?» disse Jed, al lavoro accanto a me. Con quattro di noi dietro al bancone, ce l'eravamo diviso in zone per non finire con l'inciampare l'uno nei piedi dell'altro ed io mi ero beccato l'estremità.

«Posso avere un boccale di birra e un numero di telefono?» replicò una donna.

«Mi lusinghi, dolcezza.»

«Non il tuo, il *suo*.»

Non stavo prestando loro molta attenzione fino a quando Jed non mi diede una gomitata. Sollevai lo sguardo dagli shot che stavo versando e seguii il suo cenno col mento – e il suo ghigno – fino alla donna che aveva di fronte.

Potevamo anche trovarci nel rurale Montana ,ma lei era tutta agghindata per una serata in città. Grandi occhi azzurri, labbra di un rosso acceso. Capelli biondi che si arricciavano lunghi e selvaggi sulle sue spalle. Spalle nude, perchè indossava un top senza maniche legato dietro al collo. E con lustrini. In effetti, era *tutto* di lustrini. Mi ricordava un'insegna di un casinò di Las Vegas. Non riuscivo a vedere la parte inferiore del suo corpo nascosta dietro al bancone, ma avevo già visto abbastanza. Era carina in una maniera appariscente e palese, ma non faceva per me. Magari il me stesso di ventidue anni se la sarebbe trascinata nel corridoio sul retro per una sveltina, ma ora non più.

No, lei non me lo fece rizzare. Ma la sua accompagnatrice sì.

Già, *lei*. Per la miseriaccia. *LEI*.

2

UKE

Dietro il bancone, diedi un calcio negli stinchi a Jed per attirare la sua attenzione, ma quando distolsi lo sguardo quel tanto che bastava per guardarlo, notai che lui mi stava fissando intensamente.

Lei.

Se ne stava leggermente dietro la donna vistosa, ma era chiaro che fossero insieme secondo quella regola per cui le donne fanno tutto in coppia. Era... timida. Riservata, forse? Decisamente non sfacciata come la sua amica. Non era una tipa sfacciata. E a giudicare dal modo in cui alzò gli occhi al cielo, seppi di non essere il primo con cui la sua amica ci aveva provato. E una volta che l'avessi rifiutata, probabilmente non sarei stato l'ultimo.

La musica cambiò di nuovo, il che le fece lanciare un'occhiata da sopra la propria spalla all'ultimo spogliarellista – Cristo, un cowboy con i sovrapantaloni, un perizoma rosso e nient'altro – per poi tornare a guardare noi. *Lei* non era accigliata, ma non era nemmeno un'esaltata di spogliarelli. Sembrava... divertita piuttosto che eccitata.

E sexy, a quella maniera da bibliotecaria innocente. Perchéè mentre le altre erano lì per una serata donne selvaggia da mezze svestite a quasi del tutto svestite – da corte gonne di jeans e canotte striminzte ad abiti da prostituta e tacchi a spillo, inclusi i lustrini della sua amica – *lei* indossava un'elegante camicetta bianca e una gonna di jeans. Degli stivali da cowboy fottutamente adorabili.

Non conoscevo nessuna donna a parte una nonna o una cameriera che indossasse una camicia bianca. E lei non era una nonna. No, doveva avere poco più di una ventina d'anni e l'unica camicia che volevo vederle addosso era la mia dopo una notte di sesso selvaggio. E nient'altro. Magari un paio di miei succhiotti a marchiarle la pelle, un mix del seme di Jed e del mio a ricoprirle la figa e l'interno coscia. L'avremmo visto, sapevamo che ci apparteneva. Se lo sarebbe sentito colare fuori, un promemoria costante del fatto che la sua figa appartenesse a noi.

Cazzo, ce l'avevo duro come una roccia e solo a pensare alla sua camicia.

Aveva i capelli scuri con la riga in mezzo e raccolti in una crocchia. Una crocchia. Eppure era bellissima e il fatto che avesse acconciato i capelli in una maniera tanto semplice non faceva che mettere in risalto la cosa. Grandi occhi scuri, un naso dritto e delle labbra piene e imbronciate che non erano ricoperte di rosso, ma di una specie di gloss trasparente. Così fottutamente baciabili che morivo dalla voglia di vederle aperte e tese mentre me la guardavo prendersi il cazzo di Jade fino in fondo.

Non ci stava provando come la sua amica. Diamine, non ne aveva bisogno, non con me. Non con il modo in cui Jed sembrava pronto a saltare dall'altra parte del bancone per andare da lei. Chiunque non fosse stato cieco sarebbe riuscito a vedere quanto fosse bella.

Se quei ballerini non le facevano bagnare la figa, volevo avere io l'occasione di farlo. No, più che un'occasione. Volevo tutto con lei e non aveva ancora nemmeno detto una parola.

Volevo slegarle quella crocchia, sbottonarle quella camicia modesta e vedere che cosa ci fosse di sexy a nasconderle i seni abbondanti.

Già, non potevano essere celati dietro ad una semplice camicia, a prescindere da quanto fosse modesta. Mi avrebbero più che riempito i palmi. E quei capezzoli? Gonfi, rosa e perfetti.

E ciò che mi faceva indurire ancora di più l'uccello di lei? Gli occhiali.

Cazzo, sì. Chi lo sapeva che mi piacevano le donne con gli occhiali? Magari non me n'ero mai fatta una fino a quel momento perchè non c'era mai stata *lei*. Fino ad ora.

Sorrisi alla Signorina Lustrini, assicurandomi di infonderci tutto il mio fascino. «Come ti chiami?»

Lei roteò indietro le spalle, cosa che le spinse in fuori le ampie tette. Il suo sorriso mise in mostra dei denti bianchi e perfetti. «Ava.»

Piegai la testa di lato. «E il nome della tua amica?»

Ava le passò un braccio attorno alle spalle e la attirò a sé. «La mia migliore amica? Kaitlyn.»

Kaitlyn. Un bel nome per una bella donna. Kaitlyn guardò me, poi Jed. Arrossì – di un bellissimo rosa che ero sicuro fosse della stessa tonalità della sua figa – e disse, «Ehi, ciao.»

Morbida e melodica. Perfetta. Già, avevo perso la testa, ma la volevo, cazzo. Volevo sapere tutto di lei. Era davvero una bibliotecaria o ne dava solo l'impressione? Che marmellata le piaceva? Era una persona mattutina? Dio, se lo fosse stata, allora ci saremmo potuti fare una sveltina eccitante prima del lavoro tutte le mattine. Magari perfino una doccia insieme con lei tra me e Jed, l'avremmo sporcata da matti prima di ripulirla di nuovo.

Ava allungò una mano e mi fece di nuovo voltare la testa posandomi un dito sulla guancia così che riportassi lo sguardo su di lei, non sulla piccola e sexy Kaitlyn.

«Allora, riguardo a quel numero di telefono, *Bello*,» miagolò. «Mi chiedo solamente se il tuo *pezzo di manzo* sia grande come dicono.»

Ovviamente sapeva chi fossi. Conosceva il nomignolo che mi avevano affibbiato i giornali. Avevo abbandonato i rodeo due anni prima, ma quel soprannome mi era rimasto.

Per quanto riguardava Ava? Desiderava il famoso campione del rodeo professionistico, non il vero me. Già, lei voleva il *Bel Pezzo di Manzo*, non Landon Duke.

Ed io non ero interessato. Io *ero* interessato a Kaitlyn, che guardava timidamente sia me che Jed, ma non faceva altro. Forse era perchè non voleva frapporsi tra Ava e me. Tuttavia, quel suo arrossire nel sentir accennare Ava al mio *pezzo di manzo* – oh, sarebbe stata lei a vederlo... l'unica – e il modo in cui mi scrutò per poi distogliere lo sguardo, fu promettente. Perché *era* interessata, eppure stava lasciando campo libero alla sua amica. A giudicare dal modo in cui il suo sguardo correva a quello di Jed, era interessanta anche a lui. Solo che probabilmente non aveva mai pensato a noi che ce la rivendicavamo entrambi. Dovevo solamente prima liberarmi di Ava.

«Okay, voi due,» disse Kaitlyn, sporgendo per un attimo la testa verso la sua amica. «Non divertitevi troppo.» Fece passare lo sguardo tra me e Ava. «Ordinami un altro bicchiere d'acqua, okay? Io corro un attimo in bagno mentre tu fai... quel che devi fare.»

Ava non distolse lo sguardo dal mio mentre annuiva. E quando Kaitlyn si allontanò, io riuscii a guardarle per bene il culo, grande e rotondo dentro la sua gonna di jeans che le arrivava appena sopra il ginocchio, ma non poteva nascondere tutta la sua figura. Oh sì, volevo sculacciarlo. Afferrarlo mentre me la scopavo da dietro. Ogni genere di cosa sporca. E quando mi avesse guardato da sopra la spalla con nient'altro a parte i suoi occhiali addosso, le sarei venuto dentro. Diamine, ero già a metà strada verso l'orgasmo al solo pensiero.

E indossare quella gonna con un paio di stivali da cowboy... merda. Meno male che il bancone del bar nascondeva il rigonfiamento che mi stava creando l'erezione nei jeans, altrimenti Ava avrebbe scoperto di prima persona quanto fosse veramente grande il mio pezzo di manzo. Mi asciugai le bave e dissi ad Ava, «Scusa, zuccherino. Sono già impegnato.»

Le rivolsi un sorriso – che sperai ammorbidisse il rifiuto dal momento che non ero uno stronzo, e anche perchè Ava era la migliore amica di Kaitlyn e non volevo che la migliore amica della mia donna mi ritenesse un bastardo – poi mi asciugai le mani sullo straccio. Ava era bellissima, seducente e sembrava divertente. Perfetta magari per Tucker, ma io avevo puntato gli occhi altrove.

Ava, per fortuna, non se la prese. Mi rivolse un finto broncio e disse, «Ragazza fortunata.»

Jed le posò davanti il boccale di birra che aveva inizialmente chiesto. Riempii un bicchiere di acqua e ghiaccio per Kaitlyn e ve lo posai accanto, facendo l'occhiolino ad Ava.

Quando lei si voltò sparendo tra la folla, Jed si girò verso di me.

«L'hai vista? Kaitlyn,» mormorò sporgendosi verso di me così da non farsi sentire da altri. Non che fosse davvero possibile visto il volume della musica e le donne che acclamavano l'ultimo spogliarellista arrivato. «Per la miseria.»

«Eccome, cazzo,» risposi io, leccandomi le labbra morendo dalla voglia di andare da lei. Di toccarla. Di *assaggiarla*. «È quella giusta. Chi l'aveva saputo che sarebbe arrivata con un paio di occhiali, una bella manciata di tette e un culo a forma di cuore.»

«I suoi abiti lasciavano molto all'immaginazione, ed io sto immaginando,» disse lui.

«Era sexy da morire,» controbattei io.

Qualcuno mi diede una pacca sul braccio. Mi voltai, trovando Julia.

Aveva il mento sollevanto dal momento che eravamo entrambi molto più alti di lei. «Voi due sembrate essere stati travolti da un cavallo selvaggio. Che succede?»

Sogghignai, ma mi voltai anche in modo che non potesse notare l'erezione che mi stava tendendo i pantaloni.

«Abbiamo trovato la donna perfetta in mezzo a tutto quello,» disse Jed, indicando col pollice la folla alle sue spalle. Non c'era più il suo ghigno facile, bensì un'insolita espressione seria.

Entrambi avevamo rinunciato a dare una mano ai baristi e ci spostammo così che potessero occuparsi della folla da soli.

Julia spalancò gli occhi a quell'affermazione, perché per quanto sapesse che non eravamo dei monaci, non avevamo mai detto una sola volta di aver trovato Quella Giusta – e non era passato molto tempo da quando io mi ero presentato lì e lei mi aveva preso in giro. Conosceva la storia di mio padre riguardo all'amore a prima vista e stava aspettando anche lei un uomo, no, più uomini – compativo chiunque cercasse di scavalcare i suoi fratelli, e Jed – e le si aprì un sorriso in volto.

«Sul serio? Dov'è?» Si alzò in punta di piedi e andò a caccia, come se fosse stata in grado di riconoscere Kaitlyn tra la folla.

Con i suoi lunghi capelli rossi ricci raccolti in una coda di cavallo, non si potevano non notare gli occhi verdi e le lentiggini di Julia, perfino alla luce soffusa del bar. Il suo colorito era sempre stato un mistero dal momento che nessun altro in famiglia, se non altro tra le ultime generazioni, possedeva dei geni come i suoi. I miei fratelli ed io scherzavamo sempre sul fatto che fosse stata adottata. Ora, era adorabile il fatto che fosse tanto impaziente di farci trovare la donna giusta.

«Non ha un'insegna puntata addosso, scema,» le dissi.

Lei ricadde sui talloni accigliandosi.

«Sono stata io a portarti qui, ricordi?» borbottò. Quando noi ci limitammo a fissarla, lei proseguì. «D'accordo, che aspetto ha?»

«Capelli scuri in una crocchia,» esordì Jed. «Più o meno alta come te. Indossa una camicia bianca e una gonnellina.»

Julia scrutò la folla.

Nello stesso instante, noi ci scambiammo un'occhiata e aggiungemmo, «Occhiali.»

«Più o meno alta come me con delle curve per le quali ucciderei?» chiese lei, lanciandoci un'occhiata da sopra la propria spalla. «Stivali da cowboy?»

Ripensai a quelle curve e a quanto volessi metterci le mani addosso.

«Decisamente.»

«È lei quella sul palco che sta per ricevere una lap dance dal signor Cowboy Sexy?»

Noi voltammo di scatto la testa verso il punto che stava indicando Julia. Come previsto, ecco Kaitlyn che veniva condotta per mano fino ad una sedia vuota posta al centro del palco. Lo spogliarellista, vestito da cowboy – con a malapena solo un paio di sovrapantaloni in pelle e un tanga rosso, più un cappello da cowboy in testa – attese fino a quando non si fu seduta per salirle a cavalcioni sulle gambe. E non era un balletto quello che le stava facendo davanti alla faccia.

«Ma che cazzo?» ringhiò Jed, sollevando Julia e spostandola di peso.

«Merda, no,» aggiunsi io. «Se vuole un cazzo in faccia, dev'essere il mio.»

«O il mio,» aggiunse Jed.

Senza voltarci indietro a guardare mia sorella, marciammo fino al palco.

3

𝒦AITLYN

IN COSA MI ERO CACCIATA? Ero troppo sconvolta per andare del tutto nel panico. Non capitava tutti i giorni di farsi prendere per mano da uno spogliarellista e farsi trascinare via dal pubblico. Io! C'erano ben più di un centinaio di donne tra la folla molto più bramose di vedere quel tizio coi sovrapantaloni agitare l'uccello, che gli infilavano perfino delle banconote nel piccolo tanga che indossava. Quel minuscolo pezzo di spandex non nascondeva nulla... *nulla*... dei suoi gioielli. Praticamente il suo uccello ci vorticava attorno mentre mi trascinava sul palco. Come una cazzo di proboscide a penzoloni.

Gah!

Lanciai un'occhiata ad Ava che sogghignava e applaudiva, emozionata per me. Avevo fatto troppo in fretta in bagno e l'acqua che avevo bevuto fino a quel momento non mi aiutò a sciogliermi e ad abbattere le mie inibizioni

Un Bel Pezzo di Manzo

come il liquore che stavano mandando giù gli altri attorno a me.

Avevo lavorato così tanto che Ava mi aveva praticamente minacciata di venire fino a casa mia per trascinarmi fuori quella sera, per cui avevo deciso di evitare proprio di passare da casa dopo il lavoro. Altrimenti, avrebbe avuto ragione: mi sarei messa in pigiama a vegetare sul divano. Aveva voluto rimettermi "in pista" dopo il flop che si era rivelato essere Roger. Sei settimane prima. Non è che avessi avuto il cuore spezzato per via di quel ragazzo: si era dimostrato essere un pervertito. Un pervertito che non sembrava voler accettare un no come risposta... non ancora. Per quanto riguardava Ava e la mia situazione attuale sul palco, non mi ero resa conto che tornare in pista significasse una lap dance.

Non è che fossi stata scelta dal pubblico per *Il Prezzo è Giusto* o qualcosa del genere. No.

Decisamente no, perché lo spogliarellista mi fece accomodare su una sedia perpendicolare al pubblico. Si avvicinò. *Molto* vicino al punto da salirmi a cavalcioni sulle gambe. Visto com'eravamo posizionati, tutti nel pubblico potevano vedere chiaramente entrambi i nostri profili. Ed io potevo vedere chiaramente il suo.

Certo, era ben muscoloso. Non potevo non notare gli addominali scolpiti ricoperti di olio. Non aveva un grammo di grasso. Tuttavia, non aveva nemmeno un pelo, non fosse stato per i capelli che aveva in testa. Era sexy e il suo sorriso avrebbe potuto far cadere le mutande alla maggior parte delle donne, ma non era vigoroso. Mascolino. Il tipo di ragazzo da assumere il controllo e dominare. Se avessi detto di no al farmi trascinare sul palco, non mi avrebbe inseguita, si sarebbe facilmente trovato un'altra donna disponibile tra il pubblico. Perché non l'avessi fatto, non ne avevo idea.

Si trattava solamente di uno spettacolo e lui era

decisamente, assolutamente invitante. Sfortunatamente, non mi stava minimamente eccitando. Ero stata disposta ad avvicinarmi pubblicamente a quel tizio lasciandogli invadere il mio spazio personale e a far sì che Ava non mi assillasse più per un paio di giorni, ma non avrei pensato a lui quella sera quando mi sarei fatta venire – tutta sola nel mio letto.

Avrei voluto che fosse stata scelta Ava perchè a quest'ora gli sarebbe già saltata addosso. Gli avrebbe fatto scorrere le mani sulla pelle unta, gli avrebbe infilato delle banconote nell'orlo del perizoma o nei sovrapantaloni in pelle. Io sollevai lo sguardo, lo vidi farmi l'occhiolino mentre cominciava a muoversi con esperienza a ritmo della musica, i suoi fianchi che ruotavano e il suo uccello a malapena coperto e a malapena controllato che cominciava a vorticare.

Ack!

Non potevo spingerlo via e alzarmi. Non ero una suora, mi piacevano gli uomini e decisamente facevo buon uso del mio vibratore con certe fantasie scottanti, ma quello non era il tipo – o i tipi – che volevo vedere da vicino e in maniera *tanto* personale. Non era il tipo del quale volessi vedere l'uccello, che volessi scoparmi.

Sorprendentemente, la mia mente corse subito ai due uomini dietro il bancone di prima. Gli uomini *enormi*. Non mi sarebbe dispiaciuto vedere loro così da vicino, così intimamente. O anche *più* intimamente. Dovevo immaginare che loro non si depilassero e che entrambi i loro cazzi sarebbero stati più grandi di quello dello spogliarellista e avrebbero saputo esattamente che cosa farci.

E non sarebbe stato farli roteare per aria. Già, se ci fossero stati loro lì sul palco mi sarei accomodata e mi sarei divertita eccome. Strinsi le cosce al pensiero di *entrambi*. Sì, non ero una suora.

D'improvviso, le forti luci del palco vennero schermate e il signor Spogliarellista si ritrovò in ombra. Non riuscivo a vedere chi fosse salito perché erano in controluce, ma erano grandi. Lo spogliarellista indietreggiò, gli altri si spostarono di lato e d'improvviso riuscii a vedere di chi si trattasse.

Il cuore mi balzò in gola e probabilmente mi scese un po' di bava lungo il mento. Le signore stavano praticamente urlando di emozione alla comparsa spontanea degli uomini che si erano trovati dietro il bancone del bar. Due grandi, *veri* cowboy si erano appena uniti allo spettacolo di spogliarello.

I due che avevo appena desiderato lì sopra. Ma che diavolo?

Quei due erano *fighi*. Così fottutamente sexy che mi si rovinarono completamente le mutandine solo sollevando lo sguardo su di loro. La luce metteva in evidenza la loro altezza, le loro spalle ampie, i muscoli scolpiti e ben definiti – e indossavano degli abiti. Avevano gli avambracci muscolosissimi e, grazie a Dio, ricoperti da una spruzzata di peli scuri. E il rigonfiamento che avevano nei jeans? Grande, spesso e palese al di sotto del tessuto stretto. Il ragazzo più grosso, quello con cui ci aveva provato Ava, aveva il rigonfiamento che puntava in alto verso la sua cintura, quello dell'altro invece gli scendeva lungo la coscia. Come facevano a vivere con quei cosi nelle mutande? E fuori, wow. Potevo solamente immaginare – e non ce li avevano in un perizoma nè li stavano facendo roteare.

Sollevai lo sguardo su di loro e mi trovai i loro occhi puntati addosso. Mi avevano guardata fissargli l'uccello.

Oddio. Non ebbi dubbio che chiunque nel locale

riuscisse a vedermi arrossire per la vergogna. Mi passai i palmi sudati sulla gonna di jeans.

Lo spogliarellista diede una pacca sulla spalla all'uomo – ovvero quello grande e grosso – e gli rivolse un sorriso come se lo conoscesse. Si parlarono brevemente, ma io non riuscii a sentire una parola per via di tutte le donne e della musica. Lo spogliarellista sogghignò e sollevò le mani come se fosse stato in arresto, poi indietreggiò ancora un po', allungando un braccio e facendo cenno a quello grande e grosso di prendere il suo posto di fronte a me.

Lui avrebbe fatto uno strip tease? In quel momento? Lì? Con me? Mi leccai le labbra al pensiero, sperando che le sue mani sarebbero corse alla fibbia della sua cintura slacciandola, facendo scivolare giù la zip e tirando fuori quel mostro.

Volevo vederlo. E decisamente da vicino e in maniera personale. Trasudava letteralmente mascolinità da tutti i pori ed io non avevo dubbi sul fatto che mi stessi ubriacando dei feromoni che stava emettendo.

E il suo amico? L'altro uomo che si era trovato dietro il bancone per la maggior parte della serata a servire drink, be', non era affatto uno scansafatiche. Più slanciato, ma ben muscoloso, aveva un atteggiamento rilassato, un'andatura sexy. Il Barista aveva i capelli biondi, gli occhi chiari e una mandibola squadrata che sembrava scolpita nel marmo. Si limitò a rivolgere un cenno di saluto col capo in direzione dello spogliarellista, poi mantenne lo sguardo fisso su di me, le mani posate sui suoi fianchi snelli. Era come se si fosse messo ad osservare ogni singolo dettaglio – con una vista a raggi x – dai miei stivali da cowboy fino ai capelli raccolti. E ogni singolo centimetro nel mezzo.

Quei due, *loro* sì che erano vigorosi maschi alfa. Veri

cowboy. Non assomigliavano affatto a nessun altro uomo e facevano sembrare lo spogliarellista uno qualunque.

Mi *sarei* dovuta alzare, correre via, ma il mio cervello si era bloccato sul fatto che i tizi del bar si trovassero lì. Di fronte a me. Mi limitai a starmene seduta e... sbavare. E loro mi stavano scrutando di rimando. Come se fossero stati dei predatori ed io la loro preda. Feci per alzarmi, ma il Barista mi mise una mano sulla spalla per tenermi ferma, fece il giro della sedia fino a mettersi alle mie spalle e si chinò.

«Piano, piccola,» mormorò, il suo fiato che mi soffiava sul collo.

Erano le luci del palco a scaldare così tanto? No. Era quel semplice tocco, il timbro roco della sua voce profonda a farmi bruciare. E *piccola*? Quell'epiteto avrebbe dovuto far scattare ogni genere di allarme nel mio arsenale da donna. Invece, mi fece rabbrividire.

«Non volevi quel tizio addosso, non è vero?» mi chiese il Barista, le sue dita che scorrevano su e giù lungo la mia spalla.

Scossi la testa, sollevando lo sguardo – molto in alto – su quello grande e grosso, che mi si era parato davanti. Trasalii per il modo in cui mi stava guardando. Occhi scuri, passionali, mascella serrata e ogni muscolo del suo corpo teso. Determinato.

Si mise in ginocchio di fronte a me così che ci trovammo faccia a faccia. Il pubblico applaudì e gridò, palesemente compiaciuto di come stessero andando le cose, ma io li sentii a malapena. Sentivo a malapena la musica, i bassi che rimbombavano. Percepivo solamente la mano del Barista sulla mia spalla, trattenni il fiato in attesa di ciò che avrebbe fatto l'altro.

Quando quello grande e grosso mi afferrò le caviglie e cominciò lentamente a divaricarle, non opposi resistenza.

Nemmeno quando quel movimento mi fece allargare le gambe, facendomi scivolare la gonna di jeans sempre più in alto lungo le cosce. E quando le sue dita si allungarono per avvolgersi attorno alle gambe anteriori della sedia, bloccandomi le gambe in quella posizione, il mio sguardo si spostò sul suo.

I suoi occhi incrociarono i miei, sostenendo il mio sguardo. Era come se fosse stato in attesa che gli dicessi di no, che gli dicessi di fermarsi. Mi stava silenziosamente chiedendo il permesso.

Non potevo rifiutarglielo, per... molte ragioni. Una, non volevo. Cioè, le sue mani erano grandi e notevolmente delicate eppure sapevo che avrebbe potuto picchiare a sangue qualcuno fino a fargli perdere i sensi se l'avesse davvero voluto.

Ma non l'avrebbe fatto con me. No, riuscivo a percepire che aveva dei piani per me e questi mi prevedevano cosciente.

«Vuoi che siano due *veri* uomini a prendersi cura di te? A darti ciò di cui hai bisogno?» mi chiese il Barista.

Piegai la testa, lanciandogli un'occhiata da sopra la spalla. Non dovetti guardare molto lontano, poiché era *proprio lì*. Vidi la barba color sabbia sulla sua mascella squadrata, le sue labbra piene. Riuscivo a sentire il suo odore. Sapone, menta, cuoio e Maschio Alfa. Un uomo succulento.

Avevo la mente un tantino annebbiata. Ero sopraffatta. Lanciai un'occhiata al pubblico in cerca di Ava, per vedere se avrebbe pensato che fosse tutta una follia, ma non riuscii a vederla per via dei riflettori. Assottigliai lo sguardo, capace solo di vedere un ammasso di donne. Riuscivo a sentirle, sapevo che stavano acclamando e gridando, «Vai così, bella!» e «Divoratele quella figa!» L'intero bar ci stava guardando e poteva vedere tutto. Le mani di quello grande e grosso mi strinsero delicatamente e mi riportarono al presente. A loro. Volevo che due veri uomini si prendessero cura di me e mi dessero ciò di cui avevo bisogno?

Uhm, sì.

Duh.

Annuii.

E fu ciò che avevano atteso perché il Barista posò le mani sullo schienale della sedia e la inclinò all'indietro, sempre di più fino a quando non mi ritrovai ad un angolo di quarantacinque gradi.

Sussultai alla sensazione di cadere all'indietro, ma lui mi aveva inclinata solamente quel tanto che bastava per... *Oh. Mio. Dio.*

Mi aveva inclinata così che fossi sollevata e quello grande e grosso potesse vedermi dritto sotto la gonna. Con le gambe aperte, riusciva facilmente a vedermi le mutandine.

Il suo sguardo cadde lì. *Lì!* Mi si contrasse la figa ed io fui istantaneamente grata di avere indosso della biancheria sexy.

La folla andò in delirio, guardandoci. Due uomini che avevano servito bevande stavano facendo cose *decisamente* sporche con una donna del pubblico. *Io!* Ero girata di lato, la folla non poteva vedere nulla, ma sapeva esattamente cosa stesse succedendo. Riusciva a scorgere ogni singola espressione sul volto di quello grande e grosso, mentre mi guardava la figa coperta dalle mutandine.

«Dimmi, angioletto,» mi disse. La sua voce era profonda e roca. «Quel punto bagnato sulle tue mutandine è per colpa nostra?»

Arrossii, rendendomi conto che aveva ragione. Ero bagnata, abbastanza bagnata che la parte più larga delle mie mutandine in pizzo mi si era appiccicata addosso. Potevo solamente immaginare che quel tessuto striminzito mi coprisse a malapena le labbra inferiori gonfie, che il pizzo e la seta fossero probabilmente trasparenti, ormai.

Mi morsi un labbro, annuii. Era così eccitante. La cosa più eccitante che mi fosse mai successa e lui mi stava solamente *fissando* la figa coperta dalle mutande. Potevo solamente immaginare cosa avrebbe fatto se l'avesse effettivamente toccata. O leccata. O se ci avesse infilato dentro quell'enorme cazzo. Bene in fondo. Contrassi i muscoli, pensando a come avrebbe fatto anche solo a entrarci.

«Brava ragazza,» mi disse il Barista all'orecchio. «Che ti bagni tutta per noi. Che ti bagni tutta per i nostri cazzi duri. E ce l'abbiamo duro, piccola, solamente per te.»

Arrossii da capo a piedi, a un passo dal venire solamente per quei piccoli preliminari decisamente erotici. Non mi avevano baciata, non mi avevano toccata in alcun modo se non con le loro mani sulle mie spalle e sulle caviglie.

Quello grande e grosso si sporse in avanti, la sua faccia ormai in mezzo alle mie cosce aperte, a pochi centimetri dalla mia figa. Inalò, le narici che si allargavano, gli occhi che si spalancavano perché sapevo che riusciva a sentire il mio odore. Ero abbastanza bagnata da emanarlo. Sogghignò. «Oh sì, quella figa è dolce.»

Le sue mani mi salirono lungo i polpacci fino alle ginocchia – per fortuna mi ero depilata in doccia quella mattina! – e le allargò un po' di più. Era talmente più grande di me, incluse le sue mani, che la punta delle sue dita praticamente mi sfiorava l'orlo in pizzo delle mutandine. Perfino *io* riuscivo a vederlo abbassando lo sguardo.

Sapevo che avrei dovuto essere sconvolta. Spaventata, magari, per via della loro audace sfacciataggine. Tuttavia non avevo paura. Ero nervosa, sì, perchè non mi era mai successo nulla del genere. *Mai*. Stranamente, però, mi sentivo al sicuro. Come se avessero saputo che cosa volevo, quanto in là spingersi. In qualche modo sapevano che avevo bisogno di farmi trattenere, di arrendermi a loro. Sapevano esattamente che cosa volessi. No, di cosa avessi *bisogno*.

Sapevano che ero eccitata e vogliosa.

La canzone finì, probabilmente quando avrebbe dovuto terminare l'esibizione dello spogliarellista. Ne uscì un altro sul palco, ma rimase da parte, a guardare. Mi fece l'occhiolino, proprio come aveva fatto l'altro. Sembrava che io fossi l'ultimo spettacolo.

«Io non condivido,» disse quello grande e grosso, riportando il mio sguardo sul suo quando la punta delle sue dita mi sfiorò le mutande. Quel calore, il sentirlo proprio lì, ma senza che mi toccasse il clitoride o mi si insinuasse dentro mi fece trasalire e impennare i fianchi. Ero vicina all'orgasmo e volevo di più.

«Tranne che con me,» aggiunse il Barista.

«Ciò che voglio fare con te non prevede un pubblico.» Un dito mi picchiettò il clitoride una volta ed io fui persa. Avrei fatto qualunque cosa mi avrebbero detto, qualunque cosa avrebbero voluto, perfino se fosse stato lì sul palco, fintanto che mi avessero fatta venire.

«Okay,» dissi subito.

Da un secondo all'altro, quello grande e grosso mi fece alzare dalla sedia e mi gettò in spalle. Io mi afferrai gli occhiali prima che potessero cadere a terra.

Le donne urlarono eccitate, chiaramente felici di come il programma dello spettacolo fosse cambiato ed entusiaste di vedere qualcuno del pubblico farsi portare via non solo da uno, ma da due uomini sexy.

Tutto ciò che vidi io fu un culo sodo all'interno di un

paio di jeans stretti, sentii una mano sulla parte superiore della mia coscia... al di sotto della mia gonna di jeans, le dita ancora una volta molto vicine alla mia figa. Tutto ciò che riuscivo a pensare era... DI PIU'.

Ava aveva voluto che tornassi in pista. Direi che l'avevo fatto.

4

 ED

«Sai cos'ho pensato non appena ti ho vista al bar?» chiesi, quando Duke rimise con cautela Kaitlyn a terra. La gonna di jeans le era salita mentre se la portava giù dal palco, lungo il corridoio e fino al mio ufficio. Io chiusi – a chiave – la porta alle nostre spalle. La musica era solamente una lieve vibrazione, lì, l'aria più fresca. Ciò che importava era che eravamo soli.

Appoggiandomi alla porta, mi divertii a guardarla tirarsi giù la gonna su quel sedere abbondante e sulle cosce armoniose in un gesto tutto sommato timido considerando che Duke le aveva allargato le gambe su un cazzo di palco. Dal mio punto di vista da sopra la sua spalla, avevo visto il modo in cui le labbra della sua figa erano state disegnate dalla seta bagnata e appiccicosa delle sue mutandine, il che significava che le interessavamo.

Solamente quel minuscolo pezzo di stoffa ci aveva impedito di vedere quanto fosse gonfia e vogliosa. E adesso lei si stava coprendo. Come se ci saremmo mai dimenticati che cosa ci fosse al di sotto di quella gonna. A quell'affaruccio modesto piaceva la biancheria sexy e teneva sotto chiave una fottuta ammaliatrice interiore. Io volevo liberarla. Scatenarla.

Cazzo, era perfetta.

Per quanto sarebbe stato stupendo essere i due uomini che si sarebbero presi la sua verginità, lei non era vergine. No, non dava quell'impressione. Oh, aveva ancora una certa innocenza, ma si era già fatta annusare da un uomo. Non c'era possibilità che lui l'avesse soddisfatta come avremmo fatto io e Duke. Le avremmo rovinato la piazza. Le avremmo dato così tanto piacere che lo avrebbe anelato. Avremmo allargato quella piccola figa stretta, l'avremmo aperta e modellata attorno ai nostri grandi cazzi. L'avremmo marchiata col nostro seme più e più volte fino a farle restare addosso il nostro odore. Così che ogni uomo che le si fosse avvicinato avrebbe sentito che apparteneva a due uomini veri.

E lei non vedeva l'ora. Vedere quanto fossero duri i suoi capezzoli, attraverso la camicetta modesta, era un buon segno. Anche l'espressione che aveva avuto quando aveva detto "okay" un attimo prima che Duke se la portasse via dal palco. Io ero stato contento di lasciare le altre donne agli spogliarellisti. Avevo quella che volevo.

«Che cosa hai pensato?» chiese lei, leccandosi le labbra e facendo scorrere lo sguardo tra noi due.

«Che appartieni a noi.»

«Io ho pensato fossi uno spogliarellista,» replicò lei, lanciando un'occhiata a Duke.

Lui si indicò. «Io?»

Lei fece spallucce, arrossendo violentemente. «Ava sa come ti chiami e tu sei salito sul palco.»

Duke sogghignò. «Angioletto, io non sono uno spogliarelllista, ma sarò felice di togliermi i vestiti per te.»

Anch'io.

La guardai, mentre si spingeva gli occhiali sul naso, arrossedo ancora un po'. Merda, quel gesto mi fece quasi venire nelle mutande. Tutta modesta e innocente e noi la stavamo lentamente macchiando. Una lunga ciocca di capelli scuri si era sciolta dalla sua crocchia ed io mi avvicinai a lei per ravviargliela dietro l'orecchio. Non avremmo finito di sporcarla fino a quando non fosse venuta urlando i nostri nomi. Non una volta. Non due volte, ma abbastanza da sapere che il suo corpo ormai era governato da due grandi cowboy virili.

E dai nostri cazzi. Dovevo tenermi il mio nei pantaloni fino a quando non fosse giunto il momento per lei di farvisi una calvalcata come la cowgirl più sexy del mondo, altrimenti non le avrei fatto finire tutto il mio seme dentro. Le sarebbe schizzato su quella pelle cremosa. Oh, l'avrei comunque marchiata, ma non come volevo.

Duke poteva anche essere quello famoso su un calvallo selvaggio, ma ciò non significava che fosse l'unico che sapesse affrontare un animale selvatico. Anch'io sapevo usare la corda e restare in groppa per più di otto secondi e quella puledrina l'avrebbe scoperto presto.

Diamine, a giudicare da come mi sentivo in quel momento, avrei potuto farlo per tutta la notte. Dubitavo che l'uccello mi si sarebbe afflosciato presto. E a giudicare da come mi sentivo le palle, avevo abbastanza seme da riempirla per bene.

Chinandomi, la baciai. Non avrei assolutamente saputo attendere oltre.

Sentii il suo piccolo sussulto, la percepii trasalire per poi rilassarsi. Rispose al mio bacio, aprendosi. Oh sì, era proprio dolce come mi ero immaginato. E nel breve tempo trascorso dalla prima volta che l'avevo vista, avevo immaginato un sacco di cose.

Lei tra me e Duke. Voltarla così da poterla piegare a novanta sulla mia scrivania e scoparmela. Farla sedere sulla mia sedia, tirarle su le gambe su entrambi i braccioli, inginocchiarmi a terra e divorarle quella dolce figa fino a farla venire. Urlare. Le avrei infilato le dita dentro quel piccolo buco stretto e voglioso, avrei trovato il suo punto G e l'avrei fatta dimenare e poi squirtare.

Avrei leccato via tutto.

Alla fine, sollevai la testa.

«Noi?» mi chiese, sbattendo le palpebre mentre mi guardava.

Quell'unica parola mi distolse dai miei pensieri.

Sogghignai, mi leccai via il suo sapore dalle labbra e Duke si avvicinò. «Noi condividiamo.»

«Tutto,» aggiunsi, mentre Duke la faceva voltare così da potersela baciare a sua volta.

Eravamo migliori amici sin da quando io avevo tirato un pugno a Neil Kirkland al parco giochi all'asilo per aver tormentato Duke per via della sua scatola del pranzo di GI Joe. Certo, Duke aveva due enormi fratelli che potevano guardargli le spalle, ora, ma all'epoca, uno aveva avuto il pannolino e l'altro era già stato pronto per le elementari. Per cui era toccato a me prendere le sue difese di fronte a quello stronzetto senza un incisivo. Sin da quando eravamo stati mandati nell'ufficio del preside, eravamo diventati inseparabili. I suoi genitori si erano abituati ad avermi al ranch, a caricarmi sull'enorme station wagon con i quattro bimbi Duke ogni volta che uscivano. Non che ai miei fosse mai davvero importato. Diamine, il signore e la signora Duke erano più il mio papà e la mia mamma di quanto non lo fossero mai stati i miei veri genitori.

Per cui, quando Duke – nessuno lo chiamava col suo nome di battesimo, Landon – ed io avevamo deciso che avremmo condiviso una ragazza in seconda media, la cosa era stata presa piuttosto bene. Il signor Duke era stato astuto e aveva capito come sarebbe andata a finire con noi, ci aveva detto di aspettare fino a quando non avessimo terminato il college prima di farlo. E noi avevamo seguito il suo consiglio. Avevamo fatto pratica con un sacco di donne, specialmente una volta ottenuto il diploma e approdati poi nel rodeo professionistico.

E tutte quelle donne, tutta quella figa facile era stata un allenamento per quello. Per Kaitlyn.

Io e Duke l'avremmo condivisa. Nessun altro. Il pensiero di chiunque che vedesse il suo bellissimo corpo, perfino le sue fottute mutandine, mi faceva venire voglia di cavare loro gli occhi dalle orbite. Eravamo dei bastardi possessivi e Kaitlyn l'avrebbe presto scoperto.

Possessivi con i nostri baci, le nostre mani, le nostre bocche. I nostri cazzi. Appartenevano a lei, ora.

Avevamo abbandonato il rodeo professionistico due anni prima. Io me n'ero allontanato volontariamente, ma Duke era stato portato via in barella con una gamba rotta. Per quanto non fossimo fottutamente vecchi, non eravamo nemmeno più dei giovani puledri. Il viaggio, il logoramento nel tenersi aggrappati alla schiena di un cavallo selvaggio imbizzarrito o di smontare con un salto da un cavallo al galoppo per acciuffare un vitello, non erano più cose da cui ci fosse facile riprenderci. Le groupie una volta erano state fantastiche per far svanire tutti i dolori e gli indolenzimenti, ma ormai perfino quella era acqua passata.

Eravamo tornati nel Montana e a Raines, la città in cui eravamo cresciuti, per permettere a Duke di guarire e per mettere su famiglia. Io avevo comprato il bar da un uomo che aveva voluto trasferirsi in California per stare più vicino ai suoi nipoti. Duke aveva avviato un'impresa di costruzioni. Avevamo dei lavori a impedirci di impazzire, un sacco di soldi guadagnati grazie alle nostre vincite negli anni vissuti al rodeo, una grande famiglia – be', la famiglia di Duke - ma non avevamo la nostra donna. Dei figli nostri. Tutto quel cazzo di giardino recintato di cui si parla sempre.

Fino a quel momento. Adesso, quello sarebbe stato il nostro ultimo cazzo di primo bacio. La nostra ultima prima volta. E sarebbe stata anche l'ultima di Kaitlyn. Solo che lei ancora non lo sapeva.

Le avevamo detto come andavano le cose con noi. Che condividevamo. Apertamente. Se a lei non fosse andato bene, allora avremmo rallentato fino a permetterle di conoscerci, di vedere come sarebbe stato far parte di una storia a tre.

Tuttavia, lei si sciolse nel bacio di Duke dopo aver avuto la sua bocca sulla mia, le sue mani che gli stringevano la maglietta e vi si aggrappavano, il che significava che era ben disposta. Che ci voleva.

Cazzo, sì.

Colsi l'opportunità per farle scorrere le mani addosso, per conoscere le sue curve, quanto fosse morbida la sua pelle, specialmente sulle sue cosce mentre le sollevavo di nuovo la gonna sul culo.

―――

KAITLYN

. . .

ERA UNA FOLLIA.

Una completa, totale follia.

Quello grande e grosso sollevò la bocca dalla mia quel tanto che bastava per dirmi, «Voglio scoprire che cosa ti eccita.»

«Che cosa mi eccita? Non un tizio con indosso un copripalle fosforescente,» mormorai.

Lui si fece più vicino. Molto vicino. Io indietreggiai finendo contro il barista e non sentii solo la sua mano che mi stringeva le natiche, ma anche un enorme rigonfiamento contro il fianco.

Lo sguardo passionale di quello grande e grosso mi scorse addosso su ogni singolo centimetro del mio corpo e tutto ciò che riuscii a fare io fu deglutire e sperare di non prendere fuoco. Non avevo mai fatto nulla del genere prima d'ora, nemmeno con un solo ragazzo, figuriamoci due.

«Copripalle?»

«Se quelle mutande gli stanno,» risposi io, senza seguire davvero il filo del discorso perché la sua mano si sollevò lentamente, immaginai affinché io non mi spaventassi, e mi accarezzò i capelli, per poi farmi scorrere le dita lungo il collo fino al colletto della mia camicetta, facendomi rabbrividire.

«Voglio sapere cosa succederebbe, se aprissi uno di questi bottoni.»

Trattenni il fiato e rimasi immobile. Chiaramente tutto quel discorso sulle palle era terminato. Prese la mia mancanza di risposta per un sì – il che lo era – e sfilò un bottone dall'asola. Già, avevo intenzione di lasciarglielo fare. Un semplice bottone della mia camicetta era nulla dopo che aveva infilato le sue mani tra le mie cosce... la sua bocca quasi sulla mia figa.

Non erano saliti sul palco per una donna qualunque, l'avevano fatto per me. Dio, quanto era eccitante?

Per quanto mi avesse frettolosamente gettata in spalla e portata via, ci stavano andando piano adesso, cominciando dall'inizio con dei baci. Non mi sentivo minacciata o spaventata. Il contrario, in effetti. Il fatto che se la stessero prendendo con calma mi faceva desiderare di più, come se si fossero messi a far montare la mia passione. Già solo i preliminari mi avrebbero fatta venire.

Se avessi voluto dire di no, non avevo dubbi che si sarebbe tirato indietro e il barista avrebbe aperto la porta dell'ufficio. Mi avrebbero lasciata andare.

Tuttavia, io non lo volevo. Io volevo *sentire*. Sentirmi bella. Sentirmi attraente. Speciale. Desiderata. Il modo in cui la punta delle dita di quello grande e grosso mi aveva a malapena sfiorato l'orlo delle mutandine, ma adesso mi scorreva in maniera quasi innocente sulla clavicola era ridicolmente erotico.

Non mi piaceva essere appariscente e non mi piaceva che la gente mi guardasse. Ero... normale. Un metro e sessantacinque. Capelli castani. Occhi castani. Pensavo di avere la bocca troppo grande per il mio viso. Per quanto fossi abbondantemente dotata in quanto a decollete, avevo anche il culo grande. Un culo che, a prescindere da quante diete o quanti programmi di ginnastica seguissi, non aveva intenzione di rimpicciolire, con grande rammarico dell'ultimo ragazzo con cui ero uscita – Roger. Non potevo nemmeno rimediare al fatto che portassi gli occhiali. Eppure, avrei permesso a quei due di fare tutto ciò che avessero desiderato su quel palco. Era come se mi avessero *fatto* qualcosa. Come se avessero premuto un interruttore da zoccola o qualcosa del genere.

«Voglio sapere di che colore sono i tuoi capezzoli,»

mormorò quello grande e grosso. «Se sono sensibili. Se posso farti venire solamente giocando con quelli. Succhiandoli.»

Piagnucolai, mentre lui slacciava un altro bottone. Si chinò, parlandomi piano all'orecchio. Il suo fiato mi colpì il collo. Inalai il suo profumo maschile. Oscuro, virile. Vero.

«Voglio sapere come sono i tuoi capelli sciolti, sparsi sul mio cuscino.»

Una mano mi scivolò lungo la schiena, stringendomi il culo. Trasalii, perché non si trattava della mano di quello grande e grosso, ma del barista.

«E questo culo,» disse lui. «Cazzo, è perfetto.»

Emisi una piccola risatina, a quel punto, perchè pensavo stesse mentendo. Tuttavia, quando lui mi si premette contro, sentii quanto fosse duro contro il mio fianco. Non mi ero resa conto di aver chiuso gli occhi, ma li aprii, sollevando lo sguardo su di lui... su entrambi. Mi stava osservando con un piccolo sorriso a tendergli le labbra e il desiderio palese in volto. «Voglio sapere che verso fai quando vieni. Farti appannare gli occhiali.»

«Sì.» Che altro avrei potuto dire? Non sarebbe di certo stato no.

5

AITLYN

DIAVOLO, no. Volevo che mi baciassero, mi toccassero e mi facessero appannare gli occhiali.

E quello grande e grosso lo fece. Mi baciò. Chiusi gli occhi. Inizialmente il bacio fu delicato, poi la sua lingua mi si insinuò in bocca – io non avevo intenzione di tenerlo fuori – e trovò la mia. Sapeva di menta.

Quando alla fine sollevò la testa, cominciando a baciarmi lungo la mandibola, sentii il suo accenno di barba. Quella leggera abrasione fu un promemoria tattile della sua... mascolinità. Così come la sua enorme erezione premuta contro di me. Piagnucolai di nuovo e contrassi la figa, sentendomi vuota. Praticamente mi sciolsi.

La mano di quello grande e grosso mi si insinuò nella camicetta aperta e mi prese un seno. Lui sollevò la testa quel poco che bastava per incrociare il mio sguardo, rivolgermi un sorriso malizioso. «Pizzo e raso, proprio come le tue mutandine. Che altro nascondi sotto la tua facciata modesta?»

Mi irrigidii.

«Angioletto, non è un insulto,» proseguì lui, mentre il suo pollice mi accarezzava distrattamente il capezzolo indurito. «Mi piace scartare i regali... e tu sei il dono più dolce di tutti, ne sono certo. E poi, mi piace sapere che ti nascondi dagli altri uomini eppure permetti a noi due di vederti. Un. Bottone. Alla. Volta.»

Il barista si limitò a grugnire mentre le sue dita si insinuavano sotto l'orlo posteriore delle mie mutandine.

«Mi piace... dio, um, mi piace la lingerie.»

Erano contenti... sorpresi, perfino, dal mio intimo sexy. Potevo anche essere compassata fuori, ma al di sotto, adoravo indossare delle belle mutandine e dei bei reggiseni. Non avevo molti soldi da spendere nel mio budget, ma cercavo sempre dei buoni affari. Era passato un po' di tempo dall'ultima volta che un uomo aveva visto la mia biancheria intima, e per quanto Roger mi avesse solamente baciata, aveva pensato che dovessi perdere peso, chiaramente troppo grassa per indossare qualcosa di sexy. Quei ragazzi sembravano l'opposto. Sembrava piacergli tutto ciò che vedevano... baciavano e o toccavano. Il barista aveva perfino detto che appartenevo a loro.

Non sapevo nemmeno come si chiamassero! Non glielo avrei chiesto in quel momento, non con la mano di uno di loro sul seno e quella dell'altro sul mio culo. Non avevo intenzione di distrarli dal loro compito di darmi piacere. No. Volevo assolutamente tutto ciò che mi stavano facendo. Avrei scoperto i loro nomi più tardi.

Ero al sicuro con loro, riuscivo a sentirlo. Mi avevano trascinata in un luogo privato, ma non del tutto soli. C'erano circa duecento persone appena dall'altro lato della porta. Ed

Ava sapeva dove fossi. Non avevo dubbi sul fatto che stesse tenendo sotto controllo la situazione con i camerieri o gli altri baristi. E poi, *tutti* mi avevano vista mentre venivo portata via.

Il pollice di quello grande e grosso mi scivolò avanti e indietro sul capezzolo e quello si indurì all'istante. «Anche a me piace. Cazzo, troppo.»

La sua mano libera mi strinse la figa, facilmente accessibile dal momento che il barista mi aveva sollevato la gonna in vita. «Le mutandine si abbinano al reggiseno, non è vero?»

Quando le sue dita mi sfiorarono, trasalii.

«Sì!» Potevo star rispondendo alla sua domanda o dicendogli che stava andando alla grande.

Dio, ero a un passo dal venire. Mi trovavo in piedi tra due uomini – estranei – con le loro mani addosso. Entrambi con le mani dentro le mie mutande.

Ed io glielo stavo permettendo. Non solo glielo permettevo, lo volevo.

«Vi prego,» implorai.

I miei fianchi si mossero involontariamente, avanti e indietro, non sapevo se volessi di più dalla mano che mi stava toccando da davanti o da quella da dietro.

Stavo cercando di far sì che mi accarezzassero di più – più forte, più veloce. Quello grande e grosso colse l'antifona e un dito scivolò lungo l'orlo in pizzo delle mie mutandine, insinuandovisi poi al di sotto.

«Cazzo, sei zuppa. Tutto questo è per noi.»

Annuii, mentre entrambi afferravano il tessuto striminzito e me lo facevano scivolare lungo i fianchi lasciandolo cadere in cima ai miei stivali da cowboy.

Il barista sibilò. «Oh, ci divertiremo con questo culo.»

Quello grande e grosso indietreggiò e abbassò lo

Un Bel Pezzo di Manzo

sguardo su di me, nuda dalla vita in giù. «Oh angioletto, sei così perfetta.»

Infallibilmente, la sua mano tornò tra le mie cosce e trovò il mio clitoride, muovendovisi attorno in circolo per poi spostarsi sulla mia apertura ed infilarvi dentro un dito.

«Guarda come la tua figa si prende il mio dito. Non vedo l'ora di guardare il mio cazzo scomparirti dentro. Ne uscirà tutto ricoperto del tuo miele appiccicoso.»

Cominciò a lavorarmi mentre parlava, scopandomi col dito mentre il suo pollice... oddio, trovava di nuovo il mio clitoride e lo sfiorava con esperta precisione per avvicinarmi all'orgasmo.

Gridai, le mie mani che correvano alla sua camicia aggrappandovisi.

I denti del barista mi mordicchiarono l'orecchio.

Ero eccitatissima, persa. Selvaggia. Vogliosa. Non mi ero mai sentita a quel modo, così eccitata solamente da ciò che avevano fatto... e non era stato poi molto. E allo stesso tempo, era più erotico di qualunque altra cosa avessi mai fatto.

Erano bravissimi e ancora completamente vestiti.

Muovendo la mano, quello grande e grosso mi accarezzò ancora un po' il clitoride in circolo con il pollice ed insinuò non uno, ma due dita nella mia figa. Quel rumore bagnato riempì la stanza ed io mi sollevai in punta di piedi.

Lui proseguì il movimento con il pollice e trovò un punto dentro di me che mi fece sussultare.

«Sto per venire,» dissi in fretta, soprendendomi io stessa di quella rapidità. Di quanto fossi stata pronta.

«Sì, è vero.» Quello grande e grosso mi pizzicò il capezzolo e quella piccola fitta di dolore fu intensa. Sorprendente dal momento che mi piacque molto. «E noi ti guarderemo.»

Ciò bastò a spingermi oltre il limite, il sapere che mi stavano facendo tutto quello, che mi avrebbero guardata assistendo al loro rapido successo.

«Ssh,» mi sussurrò quando cominciai ad urlare. «Quei versi sono solo per noi, angioletto.»

Mi morsi un labbro mentre venivo, i miei muscoli interni che si contraevano attorno alle sue dita. Riuscivo a sentire quanto fossi bagnata e sapevo di avergli ricoperto tutto il palmo. I fianchi mi si impennarono, i miei muscoli si contrassero con l'orgasmo più incredibile di tutta la mia vita.

Il suo dito rallentò, poi si fermò prima che ritirasse la mano. Quella del barista mi accarezzò la schiena. Delicatamente, in maniera rilassante. Appoggiai la fronte contro il petto di quello grande e grosso, riprendendo fiato. Sorrisi. Non potevo farne a meno. Era stato bellissimo.

Alla fine, sollevai lo sguardo su di lui, ma era sfuocato. «Gli occhiali mi si sono appannati davvero,» commentai. Si stavano ripulendo in fretta con l'aria fresca della stanza.

«Come ho detto, è stato solo un assaggio.» Portandosi le dita bagnate alla bocca, quello grande e grosso ne leccò via la mia eccitazione. «Ancora una volta, angioletto,» disse.

«Ma tu non... voglio dire, nessuno di voi è, non volete-»

«Piccola, qui si tratta solo di te,» disse il barista. «Ciò che abbiamo appena fatto è stato un po' affrettato, diamine, sì, ma vedere la tua espressione quando vieni, sapere di essere stati noi ad annebbiarti la vista a quel modo, a farti arrossire-»

«A farti colare su tutta la mia mano,» aggiunse Duke, leccandosi ancora un po' le dita.

«-è stata la cosa più eccitante che abbiamo mai visto, cazzo. A prescindere da come la pensi il mio uccello, io-»

«Noi,» chiarì Duke.

«-noi non abbiamo intenzione di scoparti stasera. Non nel mio ufficio. Ti voglio nel mio letto dove possiamo tenerti in mezzo a noi e farlo per tutta la notte.»

Tutta la notte. Mi agitai, percependo quanto fossero bagnate le mie cosce, quanto mi sentissi vuota.

Mi voltai così da averli a entrambi i miei lati. Abbassai lo sguardo, scrutai i palesi rigonfiamenti nei loro jeans. Sentendo ancora gli effetti del mio orgasmo, allungai entrambe le mani e posai i palmi su di loro.

Enormi. Spessi. Lunghi. Sentii entrambi i loro cazzi crescere mentre li sfregavo attraverso i jeans.

Nessuno dei due mi fermò e il barista si slacciò la cintura.

«Vuoi mettere le mani su un bel cazzo grande, piccola?»

Io mi leccai le labbra, impaziente di sentirlo.

«Sì.»

Ritrassi la mano e lo guardai aprirsi i pantaloni, infilarci dentro una mano e tirare fuori-

Dio. Era enorme, con una vena pulsante che scorreva lungo tutta l'erezione. La punta era a campana e aveva una goccia di liquido preseminale in cima. Se lo teneva alla base in una presa ferrea, ma in ogni caso, diversi centimetri ne svettavano fuori puntando verso di me.

«Puoi metterci le mani addosso, marchiarti col nostro seme, ma non abbiamo intenzione di rivendicare quella figa fino a quando non ti avremo portata in un letto,» disse quello grande e grosso.

Mi piaceva quell'idea, ma mi piaceva anche l'idea di farli venire. Di vederli perdere il controllo e sapere di avere quel potere su di loro.

Mentre fissavo il barista, quello grande e grosso si liberò a sua volta dai jeans. Io guardai a destra, poi a sinistra, a entrambi. Ce l'avevano ancora più grande di quanto non mi fossi immaginata basandomi sul rigonfiamento nei loro pantaloni. Non c'era da meravigliarsi che quello del barista gli fosse sceso lungo la coscia. Doveva essere lungo venticinque centimetri. E quello grande e grosso... anche il suo cazzo lo era. Mi si contrasse la figa, sapendo che se mi fossi presa anche uno solo di loro due avrebbero dovuto allargarmi all'inverosimile per entrarmi dentro.

Si stavano entrambi accarezzando l'erezione stringendola nel pugno, quello grande e grosso che perdeva liquido preseminale a fiotti. Io mi leccai le labbra, chiedendomi che sapore avesse.

«Non stasera, angioletto. Merda, voglio quella lingua a tirarmi via tutto il seme. Prendimi in mano, fammi venire. Così. Più forte.» Mi diede istruzioni su cosa fare, com tenerlo mentre gli facevo scorrere la mano su e giù addosso. Le mie dita non riuscivano a chiudergli del tutto attorno da quanto era spesso. Caldo e liscio, ma così duro mentre lo accarezzavo.

«Non dimenticarti di me, piccola. Devi prenderti cura di entrambi i tuoi uomini.»

Allungai una mano, prendendo anche lui. Lo accarezzai a sua volta. Avevo due cazzi. Io. Due. Porca troia.

Quello grande e grosso mi prese di nuovo un seno mentre il barista mi faceva scivolare una mano sulla figa da dietro. Un dito spesso mi si insinuò dentro, scopandomi con un ritmo simile a quello che stavo tenendo io con le mie mani sui loro cazzi.

Non ci volle molto, i loro fianchi che si impennavano seguendo i miei movimenti mentre gemevano, schizzando il loro seme in lunghi archi verso di me. Quello del ragazzo grande e grosso mi finì sulle cosce, sopra la figa. Ed io sentii i caldi fiotti del seme del barista ricoprirmi le natiche.

Era una cosa sporca. Sporchissima, ma non mi

importava perchè stavo cavalcando il dito del barista fino ad un secondo orgasmo.

Quando mi fui ripresa – da quel puro piacere – non ero sicura che le mie gambe funzionassero a dovere. Avevamo tutti il respiro pesante, la mia pelle era madida di sudore – e di sperma. L'odore di sesso riempiva l'aria.

Risi, lasciando andare uno dei loro cazzi – ancora duro nonostante si fosse appena svuotato per bene -e mi spinsi nuovamente su gli occhiali appannati sul naso.

«Come farete a infilarvelo di nuovo nei pantaloni?» chiesi.

Il barista grugnì. «Non si sgonfierà fino a quando non si sarà preso quella figa.»

Contrassi i muscoli al pensiero di quell'affare dentro di me. Moltiplicato per due.

La nebbia di passione si stava diradando un po'. «Non riesco a credere che mi abbiate eccitata a tal punto che non vi ho mai chiesto come vi chiamaste.»

«Non sei l'unica,» replicò quello grande e grosso, lo sguardo fisso sulla mia gonna che... cavolo, ce l'avevo ancora sollevata attorno alla vita.

E avevo le mutandine attorno alle caviglie.

Chinandomi, feci per tirarmele su.

«Dammele qua, angioletto.»

Sollevai lo sguardo e lui mi porse una mano. Sollevando un piede, poi l'altro, me le passai con cautela sugli stivali e gli porsi le mie mutandine delicate.

Il barista mi rimise lentamente la gonna al suo posto. Il loro seme mi si stava seccando sulla pelle e sapevo che avrei avuto il loro odore addosso fino a quando non mi fossi fatta una doccia. «Se non altro adesso sappiamo che quella figa è scoperta per noi. Tutta calda, bagnata e pronta per i nostri cazzi. Anche marchiata.»

«Okay, ma io voglio sapere chi è che mi ha eccitata così tanto.» Dio, ero una tale zoccola ad aver fatto tutto quello e ad aver pensato a loro semplicemente come il barista e quello grande e grosso.

Il barista sogghignò ed io mi innamorai giusto un po' di lui. «Eccitata? Oh, piccola, faremo molto più che eccitarti. Io sono Jed Cassidy.» Si chinò e mi baciò.

Quando ebbe finito, quello grande e grosso mi posò un dito sotto al mento così che io sollevassi lo sguardo su di lui. «Ed io sono Landon Duke, ma tutti mi chiamano Duke, inclusa te quando verrai di nuovo per noi.»

Mi immobilizzai. Il mio cuore perse un battito, mi si mozzò il respiro. *Landon Duke?* Oh, mio Dio. *Quello* era Landon Duke?

Ogni briciola di piacere scomparve mentre l'adrenalina mi entrava in circolo. Mentre cominciavo ad andare nel panico. *Landon Duke*. Di tutti gli uomini a Raines, dovevo attirare lo sguardo di un Duke. Sapevo tutto dei Duke. C'erano tre ragazzi Duke, per quanto fosse chiaro che fossero degli uomini, ormai. Landon, Tucker e Gus. Per fortuna, Jed non era uno di loro. Sapevo che i Duke avevano una sorella, Julia. Conoscevo tutta la loro famiglia, specialmente i genitori.

Raines contava più di diecimila abitanti. Non era affatto enorme, ma grande abbastanza che avevo pensato di potermici trasferire di nuovo ed evitarli tutti.

«Oh, mio Dio.»

Forse vide l'espressione sul mio volto, o percepì il modo in cui mi irrigidii, ma indietreggiò. Anche Jed.

«Cosa?» mi chiese, aggrottando la fronte. «Che c'è?»

«Devo andare,» mi affrettai a dire, armeggiando con la porta senza incrociare i loro sguardi.

«Cosa? Aspetta-»

Non rimasi lì a parlare, correndo lungo il corridoio e attraverso la folla di donne. Avevo bisogno della mia borsetta, delle mie chiavi, così da poter uscire da quel dannato bar.

Mi lanciai un'occhiata alle spalle una volta, li vidi davanti alla stanza a cercarmi. Per fortuna, io non spiccavo tra la folla come loro. Chinai le spalle, tenni la testa bassa mentre mi facevo strada tra le donne che – per fortuna – stavano tutte in piedi ad acclamare uno spogliarellista sul palco. Presi la mia borsa dove l'avevo lasciata, felice che Ava non stesse guardando nella mia direzione. Sgattaiolai fuori e raggiunsi il parcheggio correndo verso la mia macchina. Avevo il fiato corto, ma stavolta per via del panico e dell'adrenalina, non per il piacere.

«Kaitlyn! Aspetta!» esclamò Landon Duke mentre entrambi correvano verso la mia macchina. Io cercai di infilare le chiavi nella toppa, desiderando per una volta di avere una bella auto nuova con un semplice telecomando a distanza.

«Che succede? Aspetta che ne parliamo.»

Parlare. Dio, era ciò che avrei dovuto fare prima di permettergli di infilarsi nelle mie mutande.

Mi buttai di corsa sul sedile, sbattendomi la portiera dietro, poi armeggiai con le chiavi infilandole nel quadro. «Forza, forza!» gemetti rivolta alla macchina. Era vecchia, un catorcio, ma era mia. Mi portava dove volevo andare e per quanto sapessi che fosse agli sgoccioli, era tutto ciò che avevo. Partì ed io sospirai di sollievo.

Landon Duke si trovava accanto all'auto, ma vi posò le mani sul cofano, guardandomi dritta attraverso il parabrezza, confuso. Jed era di fianco a lui. «Aspetta! Che è successo? Perché stai scappando via così?» gridò così che potessi sentirlo nonostante i finestrini chiusi.

Li guardai a malapena entrambi, mentre ingranavo la marcia e spingevo a fondo il pedale dell'acceleratore, facendoli balzare indietro così che non li avrei investiti.

Uscii dal parcheggio, prendendo la curva che portava in strada praticamente su due ruote. Allontanarmi sempre di più da Landon Duke non mi aiutava. Non attenuava il dolore. Il senso di colpa. Nulla l'avrebbe fatto.

Non ero stata io a guidare ubriaca e andare a sbattere contro i genitori di Landon. Era stato mio padre, per quanto fosse stato per colpa mia che era successo. Non ero stata io a scappare via, lasciandoli ad occuparsi delle proprie ferite da soli fino a quando non si era fermata un'altra macchina ad aiutarli. Non ero stata io a finire in prigione per quel crimine. Mio padre ci era finito. Eppure, quindici anni dopo, mio padre era morto e sepolto, ma io stavo ancora pagando il prezzo dei suoi peccati. Dei miei. Ero stata io a chiamarlo e a chiedergl idi venirmi a prendere dopo un pigiama party a casa di un'amica invece di percorrere a piedi quei tre chilometri. Era stato presto, pioveva e faceva freddo ed io non avevo voluto camminare. E per questo, mio padre, ancora ubriaco dopo una bella sbornia della sera prima, si era messo in macchina e aveva quasi ammazzato il signore e la signora Duke lungo il tragitto.

Ed io avevo appena permesso a Landon Duke, probabilmente uno degli unici tre uomini al mondo che aveva motivo di odiarmi, di farmi venire. E aveva le mie mutandine.

6

AITLYN

Alle sei della mattina successiva, mi trovavo di fronte alla macchinetta del caffè in attesa che finisse di prepararsi. Indossavo i miei pantaloni consunti del pigiama con le paperelle e una canotta nera. Avevo i capelli sciolti, annodati e arruffati dopo che mi ero rigirata nel letto per tutta la notte. Era tutto un po' sfuocato perché non avevo gli occhiali, ma non ne avevo bisogno per prendermi la mia dose di caffeina.

Quell'aroma intenso mi stava aiutando a riprendermi un po', ma non mi stava facendo sentire affatto meglio. Ero un'idiota. Una tale idiota da sbattere la testa contro il muro. Era ciò che mi ero ripetuta sin da quando ero scappata via dal Cassidy la sera prima. Una completa e totale idiota. Oppure avevo la peggiore delle sfighe, il che era decisamente vero, per cui entrambe le cose. Cos'altro sarebbe potuto andare storto? La mia vita era un disastro dietro l'altro. Nulla, *nulla,* era mai semplice.

Se Ava fosse stata trascinata sul palco da uno spogliarellista per poi finire in spalla ad un altro tizio e a farsi fare un ditalino non solo da lui, ma anche dal suo amico, a quel punto si sarebbe svegliata in mezzo ai suoi due uomini. Magari si sarebbero messi a scegliere stoviglie per la cucina e nomi di bambini. Eppure no. Gli uomini che mi avevano detto che appartenevo a loro, che mi avevano concesso due dei migliori orgasmi della ma vita, non erano degli uomini qualunque.

Nooooooo.

Erano Landon Duke e il suo amico. Diamine, *migliore* amico se condividevano le donne.

«Landon Duke,» sussurrai alla macchinetta dl caffè. Quella gorgogliò in risposta.

C'erano solamente altri due uomini in città che mi avrebbero fatta sentire altrettanto uno schifo. I fratelli di Landon. Be', o Roger, ma quella era tutta un'altra cosa. Un appuntamento al buio andato molto male. Tipo, male da stalker inquietante. Non andavo più al centro sociale a nuotare, dal momento che lui ci si allenava quasi tutti i giorni. Non andavo al locale dove gli piaceva la torta di mele. Non che avessi dei soldi in più da sprecare in un pasto fuori casa. Non andavo nemmeno al negozio di alimentari in paese, facendo invece la spesa a Clayton, quando lavoravo all'hotel per evitarlo. Mi dava i brividi e volevo stargli alla larga. A differenza di Landon – se non altro fino a quel momento – era stato facile da evitare dal momento che sapevo che aspetto avesse, per quanto ciò non gli avesse impedito di cercarmi.

I Duke, però, erano evitabili, o quantomeno così avevo pensato, perché non avevo idea di che aspetto avessero.

Un Bel Pezzo di Manzo

Erano stati degli estranei per me. Ancora non sapevo che aspetto avessero Tucker e Gus. O Julia, la loro sorella, o i genitori, per quanto me li ricordassi un po' dal processo. Ad ogni modo, era passato un sacco di tempo. Avrei potuto passarvi accanto per strada senza riconoscerli. Poteva anche essere successo diverse volte negli ultimi sei mesi da che ero tornata in città.

Avevo avuto dieci anni quando era successo tutto quanto e mi ero trasferita. Ne erano passati quindici. I Duke erano più grandi di me per cui non li avevo conosciuti nemmeno allora. Fino al processo. A quel punto, li avevo visti tutti, ma in quindici anni eravamo tutti cambiati.

E Landon Duke era cambiato in meglio. Facendo due calcoli, doveva avere trantun'anni ormai. Ed era bellissimo. Bello abbastanza da far sì che gli permettessi di fare di più che infilarmi le mani nelle mutande per scoprirmi bagnata.

Ogni donna nel giro di tre contee si sarebbe rovinata le mutandine al solo vederlo. E lui mi aveva fatta venire solamente con le dita. Era bravo. Molto bravo. Io ero anche stata eccitata – era passato troppo, *troppo* tempo dall'ultima volta che avevo avuto un orgasmo indotto da un uomo. Il vibratore nel cassetto del mio comodino aveva bisogno di pile nuove con troppa frequenza anche solo per pensarci.

Mi ero fissata con Landon, senza dare più di tanto peso a Jed Cassidy, il che era ridicolo. Lui era altrettanto eccitante, altrettanto sexy. Ero stata altrettanto impaziente di avere anche le *sue* mani su di me. *Dentro* di me. Ero stata una zoccola con entrambi. Ma i suoi genitori non erano stati quasi uccisi da mio padre.

Avrei fantasticato su Landon Duke e Jed Cassidy per il resto della mia vita. E sarebbero state solamente fantasie, perchè per quanto l'alchimia tra di noi fosse stata alle stelle ed io mi fossi sentita stranamente al sicuro e protetta tra le loro braccia, non sarebbe successo di nuovo. Non esisteva.

Aprendo la credenza, afferrai la mia tazza preferita e la sbattei sul bancone.

«Stupida,» borbottai.

Vixen, la mia gatta, mi si strusciò sulle gambe. Avrei dovuto sentirmi bene per il fatto di aver avuto lei lì a confortarmi, ma lei non era un tipo altruista. No, aveva solamente fame.

«Dovrai aspettare,» le dissi. «Non ho ancora finito di piangermi addosso.»

Presi il latte dal frigo, lo annusai, poi gemetti. Era andato a male. Andando al lavandino, ce ne versai dentro quel che ne restava, aprendo il rubinetto per far sì che l'acqua se lo portasse via. Dopo aver gettato il contenitore nel cestino della plastica, presi il gelato alla vaniglia dal freezer, me ne misi un po' nel caffè e andai a farmi una doccia. Con il caffè.

A parte piangermi addosso, avevo ripensato alla bocca di Landon sulla mia, alla sua mano sul mio seno, al modo in cui mi si era indurito il capezzolo all'istante sotto le sue dita. A Jed mentre mi aveva scopata lentamente da dietro, alla sensazione del suo uccello nella mia presa ferrea. Dio, il modo in cui era venuto, spessi fiotti del suo piacere che mi avevano ricoperto la pelle. Ce li avevo ancora – anche quelli di Landon – un promemoria fisico e appiccicoso di ciò che avevamo fatto.

Entrambi avevano scoperto che ero stata bagnata in una maniera imbarazzante per loro – e solo per i preliminari verbali. Probabilmente avevo gonfiato il loro ego maschile nel venire tanto in fretta per loro, non una, ma due volte.

Era stato bello. *Davvero* bello. Dio, ero stata talmente bene, per un momento, che gli avrei permesso di piegarmi a novanta sulla scrivania e di scoparmi. Persino in quel momento, per quanto fossi mortificata, era un pensiero eccitante.

Con una delle grandi mani di Landon premuta contro la schiena, che mi teneva schiacciata contro la superficie dura, il culo per aria mentre lui mi sollevava la gonna e mi calava le mutandine quel tanto che bastava solamente per riuscire ad infilarmi dentro il suo uccello – un pezzo di manzo decisamente grande. Che mi scopava forte, a fondo. Magari mi avrebbe perfino afferrata per la crocchia tirandomi indietro la testa, tenendomi proprio nella posizione che preferiva. E quando avesse finito, sarebbe toccato a Jed.

Avevo visto i loro cazzi, li avevo sentiti, li avevo accarezzati. Avevo guardato il seme uscirne in potenti arcate. Li volevo a fondo dentro di me.

Dio, farmi maneggiare a quel modo – in una maniera molto bella, deliziosa e sporca – mi fece agitare nel ripensarci. Avevo la sensazione che sia Landon che Jed sarebbero stati amanti possessivi e dominanti. Eppure, con tutta quella stazza, tutta quell'intensità che trasudavano, erano stati incredibilmente delicati. Protettivi. Impazienti di farmi loro. Una dicotomia sulla quale non potevo fissarmi. Non potevo fare altro che pensarci.

Ed era tutto ciò che quella strana e potente cosa tra di noi poteva mai essere. Un pensiero. *Quelli* li potevo fare dal momento che non costavano nulla. Erano gratis. Miei. Segreti. E per quanto riguardava l'aspetto di Landon Duke, non era più un segreto ed io potevo tenermi alla larga. Nascondermi dietro uno scaffale al supermercato, non andare mai più al Cassidy per vedere Jed.

Dopo essermi scolata metà tazza di caffè in un sorso solo, feci scorrere l'acqua nella doccia, aspettando che si scaldasse. Essendo lo scaldabagno piccolo e vecchio, mi facevo una doccia da soldato – come la chiamava mia zia – e ne uscivo sempre in tempo record, nonostante mi lavassi i capelli lunghi.

Per quanto non fossi stata io a guidare ubriaca e a investire i suoi genitori, ferendoli così da farli finire entrambi all'ospedale per più di un mese prima che riuscissero finalmente a riprendersi abbastanza da poter terminare la convalescenza a casa, sapevo che nessuno dei Duke avrebbe voluto avere nulla a che fare con me. Senza dubbio odiavano mio padre, ma Don Leary era morto. Avrebbero dovuto odiare anche me, per il semplice fatto di essere sua figlia, di essere il motivo per cui era salito in macchina sin dall'inizio. E adesso io ero di nuovo a Raines e Landon lo sapeva. Ero sicura che l'avrebbe detto al resto dei Duke; di sicuro presto tutti avrebbero saputo di me. Io ero quella che gli faceva ricordare tutto.

Ciò che aveva fatto mio padre... Dio. Mi veniva la nausea a pensarci in quel momento. Mi ci erano voluti degli anni per rendermi conto che i padri *normali* non erano come lui. I papà degli altri bambini erano sempre sobri, non spendevano i soldi della spesa in alcol. Non si dimenticavano di venirmi a prendere a scuola perchè stavano dormendo dopo una sbornia.

Con la zia Clara in California, avevo avuto una casa stabile. Del cibo in tavola. Degli abbracci. Sapevo come avrebbe dovuto essere, ma non era stato facile. Lei faceva l'insegnante e il suo stipendio copriva le spese di base. Io avevo lavorato al liceo, troppo impegnata ad aiutare a pagare le bollette per pensare ad uscire con qualcuno o ad andare al ballo di fine anno. Avevo ricevuto un po' di soldi da una borsa di studio per il college, ma avevo comunque dovuto lavorare a tempo pieno mentre lo frequentavo, il che aveva significato che ci avevo messo sei anni per portarlo a termine invece di quattro.

Un Bel Pezzo di Manzo

Entrai nella vasca, chiusi la tendina e lasciai che l'acqua calda mi svegliasse. Era inutile pensare che avrebbe lavato via il senso di colpa. L'imbarazzo per ciò che avevo fatto la sera prima. Non c'era da meravigliarsi che Ava l'avesse riconsciuto quando eravamo andati al bar. Landon Duke non era lo spogliarellista grande e grosso.

Mi sfregai col sapone mettendoci più forza del necessario.

Duke, uno spogliarellista. Ah!

Era un campione del rodeo soprannominato Bel Pezzo di Manzo dai media non solo perchè era un gran bel pezzo di carne umana, ma anche perchè la famiglia Duke gestiva il più vasto ranch di bestiame nel nord ovest del Montana.

Sapevo tutto ciò, tuttavia non l'avevo seguito, non mi ero aggiornata su che aspetto avesse. Mi aveva fatto troppo male anche solo guardarlo – chiunque di loro – online. Sapevo solamente che erano là fuori da qualche parte, a vivere le loro vite. A odiare mio padre. A odiare me. Era stato già abbastanza doloroso vivere con quel senso di colpa. Non avevo bisogno di vedere loro o le loro vite sui social media.

Mi girai, bagnandomi i capelli mentre prendevo lo shampoo. Ero tornata in città da sei mesi e non l'avevo mai visto. Avrei potuto evitarlo per il resto della mia vita. Si poteva fare. Il lavoro mi teneva abbastanza occupata. Come quel giorno, che avrei dovuto incontrare l'impresario per un preventivo sulla riparazione della perdita sul tetto, poi sarei andata a lavoro dove, a meno che non avesse deciso di fare il check in all'hotel dove facevo da receptionist, lui non si sarebbe presentato.

Per quanto Landon Duke e il suo amico mi avessero concesso i migliori orgasmi della mia vita, non aveva saputo chi fossi. Nessuno dei due l'aveva saputo. Non avevano saputo che fossi Kaitlyn Leary più di quanto io non mi fossi resa conto che lui era un Duke. Potevo solamente immaginare cosa avrebbe pensato di me quando avesse scoperto la verità. No, lo sapevo. Mi avrebbe odiata. Non ne avevo dubbi. E dal momento che lui e Jed erano abbastanza amici da condividere una donna, lui l'avrebbe pensata esattamente allo stesso modo.

7

UKE

Accostai il furgone davanti alla casa, spegnendo il motore. Lanciando un'occhiata fuori dal finestrino, scrutai la piccola dimora Arts and Crafts a due piani. Quando la mia assistente mi aveva dato l'indirizzo per un potenziale nuovo lavoro – una ristrutturazione che sarebbe cominciata da un nuovo tetto – avevo notato il nome della via. Conoscevo Palmer Road, ma non mi ero reso conto che si sarebbe trattato di *quella* casa.

«Cazzo,» borbottai. Stancamente, mi passai una mano sul viso, afferrando la mia cartellina dal sedile del passeggero.

Avevo domito a malapena, ripensando a Kaitlyn. Al modo in cui era stata tanto reattiva, tanto morbida e perfetta tra me e Jed. Era stato incredibile vederla passare da vogliosa seppur esitante a selvaggia e passionale. A parte essersi morsa un labbro per impedirsi di urlare troppo forte, era stata disinibita, arrendendosi a noi del tutto. In maniera bellissima.

E ciò era successo nell'ufficio di Jed. Mi venne duro, seduto lì nel mio furgone, al pensiero di come sarebbe stata se l'avessimo portata in un luogo un po' più appartato. Come nel mio letto. Quello di Jed. O il suo. Qualunque fosse stato il più vicino.

L'odore della sua figa mi permeava ancora le dita, diamine, tutta la mano, il che non fece che farmi pulsare le palle dalla voglia di trovarmi a fondo dentro di lei, di averla sotto di me. Eventualmente, di avere uno di noi dentro la sua figa e l'altro nel suo culo così da averla in mezzo a noi. Invece di quella fantasia perfetta, quando ero tornato a casa, avevo avuto solamente la mia mano ad alleviare il mio desiderio, schizzando il mio sperma da solo invece che dentro a quello stretto canale. Sapevo quanto il suo calore bagnato si fosse contratto e avesse pulsato attorno al mio dito, quanto fosse stretta. Quanto sarebbe stata eccitata e gocciolante di desiderio attorno al mio cazzo.

Quel legame – per quanto inizialmente fosse stata un po' riottosa – era stato reale. L'alchimia era schizzata alle stelle e sapevamo solamente il suo nome di battesimo. A differenza della sua amica, Ava, ci era piaciuta Kaitlyn sin dall'inizio, da quando avevamo posato per la prima volta gli occhi su di lei. A me piaceva ancora e non avevo nemmeno idea di come trovarla. Io e Jed non avevamo la minima idea del perché fosse scappata via a quel modo, di cosa avessimo fatto. Come l'avremmo rintracciata. Perchè ciò che avevamo condiviso non ci bastava. Nemmeno lontanamente. Jed era tornato a servire al bancone ed io me n'ero tornato a casa, senza nient'altro da fare a mezzanotte per trovarla.

Kaitlyn, amica di Ava. Era tutto ciò che conoscevo della donna dei nostri sogni.

Quello, e il peso delle sue tette floride. La sensazione della sua figa bagnata. Il modo in cui contraeva i muscoli interni quando veniva. I versi che emetteva nel farlo. Mi agitai, cercando di far sparire l'erezione, ma avevo la sensazione che non se ne sarebbe andata fino a quando non avessi trovato Kaitlyn e non me la fossi tenuta a letto per delle ore. Per giorni, perfino. E senza nemmeno contare il tempo in cui me la sarei rivendicata assieme a Jed. O quando si sarebbe trovata da sola con lui ed io l'avrei sentita urlare di piacere dall'altra parte del corridoio. Merda, non avevo bisogno di incontrare un potenziale cliente con un'erezione.

Era stata assolutamente ben disposta con noi, vogliosa. Bramosa di altro. Poi, come se fosse stato premuto un interruttore, aveva dato di matto. Volevo rivederla, parlarle, scoprire perchè cazzo fosse scappata via come un coniglio impaurito.

Kaitlyn. Nient'altro. Julia sarebbe stata così orgogliosa. Io e Jed avevamo trovato una donna cui eravamo interessati e l'avevamo spaventata a morte. Avevamo rovinato tutto, in qualche modo. Per quanto riguardava Tucker e Gus, se loro avessero scoperto che ci aveva voltato le spalle dopo che l'avevamo fatta venire, ci avrebbero preso in giro su come avessimo perso il nostro tocco con le signore.

Raines era piccola. L'avremmo trovata. *Se* fosse stata a Raines. La folla che era venuta a quel varietà maschile era stata abbastanza grande da provenire da diverse contee. Merda.

No. L'avremmo trovata, cazzo. E quando l'avessimo fatto... non avevamo intenzione di lasciarcela più sfuggire tanto facilmente perché volevamo fare di più che usare semplicemente le nostre dita su di lei. Volevamo affondarle i cazzi dentro fino in fondo, ovviamente, ma volevamo un appuntamento. Una cena e un film. Scoprire di più sul suo conto oltre al modo in cui si spingeva gli occhiali sul naso quando era nervosa e i versi che emetteva quando stava per venire.

Gemetti, cercando di pensare alla castrazione dei tori per far sparire la mia erezione. Avremmo trovato Kaitlyn e le avremmo fissato un appuntamento coi fiocchi. Fino ad allora, avevo un'impresa da mandare avanti.

Mentre camminavo lungo il vialetto asfaltato, osservai la casa. La casa in cui aveva vissuto Don Leary quando era stato in vita.

Don Leary. Cazzo, quel nome mi riportava alla mente un sacco di pessimi ricordi. Sentirmi dire, quindici anni prima durante un allenamento di football, dell'incidente. I miei genitori all'ospedale per un mese. Il processo. La sentenza. Sapere che il bastardo che aveva devastato le nostre vite sarebbe uscito di prigione dopo sette anni.

Non aveva importanza ormai. I mie genitori stavano bene e Don Leary era morto. Non potevo dire che mi dispiacesse. Era stato un rifiuto dell'umanità. Ubriaco, fannullone. Cattivo. Sì, aveva scontato la sua pena per il crimine che aveva commesso, ma ciò non significava che l'avrei mai perdonato. Una cosa che avevano imparato i Duke da tutto quel cazzo di casino – una delle tante – era che non si guidava ubriachi. Per quanto Jed potesse avere un bar, nè lui, nè nessuno di noi beveva. Mai.

Sapere che Don Leary, quel *bastardo*, non mi avrebbe risposto alla porta mi fece allentare la presa sulla mia cartellina. Ciò che Leary aveva fatto non era colpa del nuovo proprietario. Quel lavoro, però, sistemare casa sua, mi avrebbe fatto rivangare certe cose, cose che non ero certo di voler affrontare. Non avevo un bisogno disperato di soldi – quando avevo abbandonato il rodeo professionistico ed ero tornato a Raines, non avevo avviato un'impresa perchè mi fosse servito mettere da parte qualcosa per la pensione. Avevo più soldi di quanti me ne servissero. Se me ne fossi restato seduto a far nulla per tutto il giorno, sarei impazzito.

Tuttavia, se avessi lavorato a quella casa, avrei potuto farlo comunque. Perdere il fottuto senno. Non sopportavo l'idea di guardare quel posto, di rivangare roba mentre lavoravo, nonostante avessi degli appaltatori ad aiutarmi. Sarebbe stato un grande lavoro perchè quel posto stava praticamente crollando su se stesso.

Dovevo al proprietario se non altro la cortesia di dirgli di persona che non sarei stato in grado di assumermi l'incarico. Di consigliargli un'altra impresa che avrebbe svolto il lavoro. Era Don Leary lo stronzo, non io.

Mentre bussavo alla porta, notai le assi marcite della veranda, la vernice che si stava scrostando, le finestre imbarcate. Se risistemata, quella casa sarebbe stata davvero bellissima. Sapevo per certo che Don Leary non aveva avuto soldi e il modo in cui si era preso cura della casa lo dimostrava. Oppure, li aveva spesi tutti per bere.

La porta si aprì con un cigolio arrugginito. Ed *eccola* lì. Sorrisi e tutto mi sembrò tornare al suo posto.

«Kaitlyn. Cazzo, stai bene? Mi hai spaventato a morte l'altra sera.»

Mi avvicinai e le presi il volto, facendole piegare la testa verso l'alto così che mi guardasse.

Lei aveva gli occhi sgranati dietro gli occhiali, la bocca spalancata.

Colsi quell'attimo di sorpresa per chinarmi a baciarla.

Cazzo, sì. Il suo profumo delicato ci vorticava attorno e lei sapeva di dentifricio alla menta e della dolce Kaitlyn.

«Landon,» mormorò lei contro la mia bocca.

«Lo so, angioletto.» Mi ero perso in lei. In quello. L'altro mio cervello, quello che mi pulsava dolorosamente contro i jeans, prese il sopravvento.

«No, Landon, Dio,» mormorò lei mentre la baciavo lungo la mandibola. Le sue mani erano sul mio petto, che mi stringevano la camicia, ma mi resi contro che stava cercando di respingermi.

Aveva detto di no. All'istante, indietreggiai, abbassando lo sguardo su di lei.

Per quanto avesse il fiato corto come me e le sue labbra fossero rosse e lucide per via del bacio, era impallidita. Mi fissava, ad occhi spalancati, da dietro gli occhiali. Non era lo sguardo che avevo sperato di ricevere da parte sua. «Landon. Che cosa ci fai qui?»

Non riuscivo a resistere a toccarla, a sentire quanto fosse morbida la sua pelle, per cui le feci scorrere le nocche lungo la guancia.

Lei si ritrasse ed io lasciai ricadere la mano lungo il fianco. Non era la reazione che avevo desiderato.

«Possiedo la Compass Construction. Mi hai chiamato per un preventivo. Cristo, ma che c'è? Che è successo ieri sera? Stai male o qualcosa del genere?»

Scrutai ogni dettaglio, cose che mi ero perso al buio la sera prima. Lentiggini. Un piccolo neo sul collo appena sotto l'orecchio. Il colore ambrato dei suoi occhi. E i suoi capelli di sicuro non erano stati sciolti e selvaggi come in quel momento. Erano lunghi ed io volevo farvi scorrere la punta delle dita, stringerli nel pugno.

Lei indietreggiò. «Mi dispiace. Dio, mi dispiace così tanto. Non avevo intenzione di incontrarti. Davvero.»

Mi accigliai. «Che diavolo significa?»

«Non sapevo chi fossi.»

Mi rilassai un po', sollevato. «Meno male, angioletto. Preferirei non essere conosciuto come il campione del rodeo. Quello stupido soprannome, Bel Pezzo di Manzo. Vorrei strangolare quegli stupidi giornali che se lo sono inventato. Non sono più io, quello. Posso essere semplicemente Duke, per te, o Landon.»

Lei scosse la testa, i capelli scuri che le scivolavano sulle spalle. Quella mattina, indossava dei jeans che mettevano in risalto le sue curve marcate, ma la camicetta era stata rimpiazzata da un top rosa lavorato a maglia. Quel colore le stava bene e il taglio, be', le stringeva davvero bene i seni pieni. Aveva una targhetta appuntata al petto con su scritto il suo nome di battesimo e Biblioteca di Reines appena sopra. Cazzo, era davvero una bibliotecaria. Morivo dalla voglia di sollevare una mano e stringerle di nuovo un seno sodo, sentirne il peso. Annebbiarle la vista dietro quegli occhiali che indossava.

Diamine, se non altro farle tornare un po' di colorito in volto e levarle quell'espressione infelice.

Lentamente, lei scosse la testa. «Non capisci.»

«Se è per via del fatto che hai pensato che fossi uno spogliarellista, te l'ho già detto, ne sono lusingato.»

«Non è quello.»

«Allora permettimi di entrare e raccontamelo davanti a una tazza di caffè. Diamine, sarei felice di spogliarti e portare a termine ciò che abbiamo iniziato. Non voglio altro che vederti di nuovo venire. Questa volta, voglio la mia bocca su quella figa. Scommetto che è dolcissima.»

Le sue gance si chiazzarono di rosso ed io adoravo vedere quanto fossi in grado di agitarla. Il fatto che avesse una certa innocenza.

Lei sollevò una mano, posandomela sul petto. «No.»

Trassi un respiro profondo, espirando. Era meglio cambiare argomento così da non spaventarla pù di quanto non avessi già fatto. «Come faccio a farti un preventivo per il lavoro se non vedo la casa?»

Sospirando, lei si spinse su gli occhiali. Già, era nervosa.

«Non posso permettermi molto, ma tocca prima al tetto. Non tutto, però. Solamente la sezione sopra il soggiorno ha un'infiltrazione e deve essere rifatta subito. Volevo un preventivo solo per quello. Farò altro quando ne avrò i fondi.»

«Sei turbata perchè hai un budget?»

Lei spalancò gli occhi e roteò indietro le spalle, sollevando il mento. «No. Sono abituata ad avere un budget. A vivere con parsimonia.»

Sospirai. «Angioletto, dimmi cosa c'è. Ammetto che abbiamo fatto le cose un po' di fretta ieri sera, magari abbiamo saltato la parte in cui ci dovevamo conoscere, ma possiamo cambiare le cose. Stasera. Una cena. Lo dirò a Jed e verremo a prenderti alle sei. Saremo dei perfetti gentiluomini.» Sollevai le dita nel gesto di saluto dei Boy Scout.

«Devo lavorare.»

«D'accordo, domani.»

«Devo lavorare.»

Stavo cominciando a sentirmi un tantino frustrato. Doveva concedermi qualcosa. Una briciola, quantomeno. Il rifiuto era una cosa, e avrebbe potuto dirci di non essere interessata in qualunque momento la sera prima. Eppure non l'aveva fatto. Le era piaciuto. E a giudicare dal bacio che ci eravamo appena scambiati, le piacevo ancora. Lo sapevo. L'avevo visto. L'avevo sentito. Fino a quando *qualcosa* l'aveva fatta fermare. Di nuovo.

«Tutti i giorni?» le chiesi.

«Sì, lavoro tutti i giorni.»

Abbassai lo sguardo sulla sua targhetta. Kaitlyn, la

bibliotecaria. Ed era eccitante da morire. Non passavo dalla biblioteca sin da quando ero stato in terza superiore e avevo dovuto scrivere una relazione sull'Amleto. Sembrava che mi fossi perso un bel po' tenendomene alla larga. Volevo spogliarla di quella facciata modesta e arrivare ai punti morbidi e bagnati. «La biblioteca non è aperta tutti i giorni.»

«Ho un secondo lavoro.» Sospirò, sollevando lo sguardo su di me. «Non è solo quello.»

«Allora cosa? Mi scuso sia da parte mia che di Jed se siamo stati troppo sfrontati, non abbastanza gentiluomini, ma tu eri più che d'accordo.» Mi leccai le labbra, sentendo ancora di più il suo sapore. «Lo sei ancora.»

Lei rise, ma non sembrò divertita. Chiudendo gli occhi, trasse un respiro, poi un altro. «Mi detesterai.»

Mi immobilizzai, abbassando lo sguardo sulla sua mano sinistra, ma non vidi alcun anello. «Sei sposata?» Non ce la facevamo con una donna già rivendicata. Non l'avevamo e non l'avremmo mai fatto.

Da dietro gli occhiali, lei spalancò gli occhi. «Cosa? No, non sono sposata. Peggio.» Si morse un labbro. «Be', *tu* penserai che sia peggio.»

Che cazzo c'era di peggio di fare un ditalino ad una donna sposata?

«Non esiste. Non potrei mai-»

«Sono Kaitlyn Leary.»

Quell'affermazione mi interruppe. Mi mozzò il fiato. Mi fermò il cuore. La fissai, ancora e ancora, cercando di ricordarmela da quindici anni prima. *Lei* era Kaitlyn Leary.

«Porca puttana,» mormorai. Strinsi le mani a pugno e tutto ciò che avevo provato quella volta riaffiorò prepotentemente in superficie. Quella era la figlia di Don Leary.

«Hai ragione, ti detesto.» Quelle parole furono facili e mi

scivolarono fuori dalle labbra perchè, in quel preciso istante, tutto ciò che provavo era odio.

Lei si ritrasse, come se l'avessi colpita con un pugno invece che con le parole. Potevo anche essere stato sul punto di perdere la testa, ma non avrei mai alzato le mani su una donna.

«Capisco,» rispose, la voce calma, come se fosse stata rassegnata. «La scorsa notte, non intendevo... non avrei... se l'avessi saputo.»

«Tuo padre *ubriaco* ha investito i miei genitori ed è scappato via, lasciandoli lì a soffrire.»

Lei sollevò il mento, incrociando il mio sguardo. Sostenendolo. «Lo so.»

«È stato sette anni in galera. Solo sette. Poi è uscito e ha potuto rivivere la sua vita con i miei genitori dall'altra parte della città.»

«Lo so.»

«Era un ubriacone,» ringhiai a denti stretti. «Uno stronzo. Feccia.»

Lei trasse un respiro profondo, ma non distolse lo sguardo dal mio. «Lo so.»

«Hai la minima idea di cosa abbia fatto alla mia famiglia? Di cosa abbia fatto a me?» Quando mi incazzavo, la mia voce si abbassava. Si faceva tagliente. «È successo una settimana prima dei miei diciassette anni.»

«Lo so,» disse di nuovo lei. «Sapevo che i tuoi genitori si erano ripresi. Li ho visti al processo. Mia zia mi aveva tenuta aggiornata su come se la stavano cavando. Sono davvero felice che stiano meglio.»

«Come se te ne fregasse qualcosa.» Mi ripulii la bocca con il dorso della mano mentre indietreggiavo, sentendo la veranda scricchiolare sotto i miei piedi, puntandole un dito contro. «Stai lontano dal Cassidy, cazzo. Lontano dalla mia famiglia. Da me.»

«Lo capisco. Mi dispiace.» Annuì, abbassando lo sguardo sul pavimento in legno consunto appena dentro la porta d'ingresso, poi indietreggiò, chiudendo la porta.

Cristo. Me le sceglievo proprio bene. Tornai al furgone, dando un calcio a un pezzo di cemento sul marciapiede e facendolo finire nell'erba alta. L'unica donna che mi interessava da anni era la cazzo di figlia di Don Leary.

8

AITLYN

Arrivai alla fine del mio turno in biblioteca cercando di non pensare a Landon e alla nostra discussione. Era andata come mi ero aspettata. Be', non esattamente. Non mi ero aspettata che si presentasse alla mia porta. Dio, se era stata una sorpresa, quella. Non mi ero aspettata che mi baciasse. Non mi ero aspettata che sarebbe stato tanto difficile allontanarlo. Ma l'avevo fatto e, dopo ciò che aveva detto, ne ero felice.

Oh, avevo voluto arrendermici, tra le sue braccia, alla natura protettiva che aveva dimostrato quando avevo inizialmente aperto la porta. Si era preoccupato per me, pensando perfino che fossi stata malata. Mi aveva desiderata. Aveva voluto... altro con me e con una folle disperazione che mi faceva ancor più male al cuore. Tuttavia, quello era stato *prima*. Prima della verità. Prima che sapesse che era stata tutta colpa mia se i suoi genitori erano stati feriti così tanto, se la famiglia dei Duke era quasi stata distrutta. E ciò rendeva tutto il resto ancora peggiore.

Lui mi odiava. Avevo saputo che l'avrebbe fatto e me l'ero aspettato. Nonostante ciò, faceva male. Tanto. Riportava tutto a galla, ogni piccolo dettaglio che mi ricordavo e che mi aveva ferita quando avevo avuto dieci anni. Ne erano passati quindici eppure era ancora tutto così fresco. Avevo cercato per anni di sopprimere tutto, di arginarlo come a levare un muro attorno al casino che era stata la mia infanzia, ma con uno sguardo intenso, con un bacio, con un orgasmo, Landon l'aveva demolito. Aggiungere Jed a tutto quanto ne raddoppiava l'effetto. Uomini sexy al quadrato.

E adesso la ferita era di nuovo aperta. Sanguinante. Dolorante.

Tuttavia, dovevo vedermela io. Era un mio problema. Ava mi aveva mandato due messaggi e ne aveva lasciato uno in segreteria, ma io li avevo ignorati, non essendo pronta a parlarne.

Certo, mi ero fatta un piccolo pianto prima di uscire di casa, ma avevo dovuto farmi forza e andare al lavoro. Con un'ora di storie per i bambini dell'asilo in programma, la mattinata era passata in fretta, ma l'incidente non si era allontanato più di tanto dalla mia mente, specialmente quando mi ritrovai a coprire in auto i trenta chilometri in autostrada che mi avrebbero portata al mio secondo lavoro all'hotel. Se non altro ci sarei stata solamente per un paio di ore, chinata sul bancone della reception per il picco di registrazioni del venerdì pomeriggio. Poi sarei potuta andare a casa, infilarmi nel letto e tirarmi le coperte sopra la testa. Dimenticarmi del mondo là fuori, se non altro fino alla mattina dopo quando avrei dovuto rifare tutto daccapo.

Lavorare. Lavorare ancora. Dormire. Quello non sarebbe cambiato.

Due ragazzi fantastici erano stati una distrazione temporanea. *Molto* temporanea. Il tetto danneggiato sarebbe stato un po' meno temporaneo. Avrei dovuto chiamare un altro impresario, farmi fare un altro preventivo. Nel frattempo, mi sarei fermata in ferramenta, avrei comprato della tera cerata economica, avrei tirato fuori la scala pericolante e coperto la sezione danneggiata. Dovevo solamente sperare che non avrebbe piovuto troppo. Tuttavia, a causa del ritardo nella riparazione, si sperava che avrei avuto un po' di soldi in più da parte una volta che avessero effettivamente portato a termine il progetto e magari avrei potuto farmi riparare una sezione maggiore.

Nel parcheggio dell'hotel, mi tolsi la targhetta da bibliotecaria e afferrai l'altra dal mio portaoggetti nel bracciolo, appuntandomela al suo posto. Lavorare era bello. Lavorare mi teneva distratta, di fronte alle persone dove avrei dovuto sorridere, mostrarmi positiva. Mi teneva occupata, mi faceva essere grata di ciò che effettivamente *avevo*. Giusto?

«Ciao, Melanie,» dissi alla donna dietro al bancone della reception quando le porte d'ingresso si richiusero scorrendo alle mie spalle. Aveva fatto il turno di mattina ed io la stavo per sostituire. Con la biblioteca che chiudeva presto di venerdì, ero in grado di fare entrambi i lavori e grata del fatto che il mio capo fosse tanto accomodante.

«Grazie per avermi coperta ieri pomeriggio,» mi disse lei, rivolgendomi un caldo sorriso.

Sulla trentina, aveva due figli gemelli che avevano partecipato a un talent show del centro estivo. Io avevo un conto in banca misero che aveva bisogno di qualche soldo in più. Dopo aver lavorato in biblioteca il giorno prima, ero riuscita ad andare lì e a coprire il suo turno prima di andare a raggiungere Ava al Cassidy. Ventiquattr'ore e due orgasmi più tardi, mi sembrava che fosse cambiato tutto. Eppure, non era cambiato niente. Non davvero.

Okay, era cambiato, ma dovevo smetterla di pensarci. I Duke mi detestavano e sarebbe sempre stato così. Quando Landon avesse detto a Jed chi fossi davvero, lui sarebbe stato d'accordo. Una pomiciata non avrebbe cambiato le cose. Una cosa che avevo imparato da mio padre era che non si poteva tornare indietro nel tempo. Non potevo elminare i baci o gli orgasmi, nè nient'altro di quanto era successo. Non che volessi davvero farlo, perchè per quanto Landon mi odiasse per via di chi fossi, c'era stato un momento in cui noi – tutti e tre – eravamo stati degli estranei anonimi che avevano avuto una connessione. Bramosia. Puro e semplice desiderio e nient'altro. La vita non si era messa in mezzo alla nostra attrazione istantanea. Era stato... vero. Per il più breve dei momenti, assolutamente perfetto. E per quanto completamente eccitante e da totale sgualdrina, era stato esattamente ciò che avevo sempre sognato. E non avrei mai voluto cambiarlo.

«Ti ho già detto ieri che non era un problema.» Feci il giro del bancone, entrando nell'ufficio per timbrare e per mettere via la borsa nell'armadietto.

«Dev'essere stato divertente al Cassidy ieri sera,» disse lei, mettendosi sulla porta a guardarmi, ma pronta a tornare al bancone se fosse entrato qualcuno. «Hai incontrato qualcuno di carino, spero.»

«Oh?» chiesi io, il mio cuore che faceva una capriola. Allo stesso tempo, ero del tutto confusa su come avesse potuto sapere di Landon e Jed. Non era stata lì. Non ero sicura di cosa dire. Dire troppo sarebbe stato pericoloso ed io ero già sul punto di piangere. Avrei potuto perdere il lavoro se mi fossi messa a balbettare tra le lacrime.

Lei indicò la piccola scrivania dove consumavamo i pasti durante le pause. «Quei fiori sono per te.»

Io lanciai un'occhiata alla dozzina di rose rosse. Erano adorabili e, per un istante, ebbi un impeto di speranza che avrebbero potuto essere da parte di Landon e/o di Jed. Ovviamente, non lo erano. Nessun uomo dava dei fiori alla donna che odiava.

Andando fino al bouquet, trovai il biglietto e aprii la piccola busta.

«Parlamene un po'. È carino?» Agitò le sopracciglia mentre sogghignava. Felicemente sposata, era impaziente di vedere anche me con un uomo. E uno che mi regalasse dei fiori.

Non erano stati Landon o Jed, bensì Roger, a mandarmeli. Mi sentii subito male.

Non abbiamo chiuso.

Era tutto ciò che diceva il biglietto, ma sapevo che si trattava di lui.

Io, Landon e Jed avevamo chiuso *eccome*, non poteva essere più chiaro di così. Eppure, sapevo per certo che Roger non pensava che tra noi fosse finita. Ci ero uscita due volte. Avevo avuto una strana sensazione la prima sera, visto il modo in cui aveva ordinato per me e mi aveva detto quando sarebbe stato il nostro secondo appuntamento invece di chiedermelo. Avevo accettato di rivederlo solamente perché me l'aveva presentato un'amica al lavoro, volevo concedergli un'altra chance prima di escluderlo del tutto. Un pranzo insieme. Cosa sarebbe potuto succedere ad un pranzo, no?

Tra un panino e l'altro alla gastronomia in fondo alla via della biblioteca, aveva sostenuto che io fossi Quella Giusta. Che ci saremmo sposati non appena avessi perso dieci chili e avessi fatto bella figura al suo fianco. In quanto dentista in paese, reputava importante che sua moglie facesse una buona impressione. Che io non avrei trovato nessuno di meglio dal momento che ero la figlia di Don Leary.

Fanculo, e che stronzo.

Gli avevo detto che non avrebbe funzionato. Grazie, ma no grazie. Avevo lasciato dei soldi sul tavolo per il pranzo. Poi me n'ero andata.

Quando ci eravamo conosciuti la prima volta, avevo pensato che fosse bello, ma in una maniera... plasticosa. Capelli lisci con più prodotti chimici di quanti non ne usassi io, un sorriso perfetto con denti sbiancati – il vantaggio di fare il dentista. Avrei dovuto sapere grazie al tick della sua mascella e al modo in cui gli si erano chiazzate le guance di rosso dopo che l'avevo "lasciato" che non gli piaceva ricevere un rifiuto, che aveva un lato più oscuro. Che la sua natura autoritaria andava oltre il suo problema col mio peso. Se voleva qualcuno di meglio, qualcuno che non fosse una Leary, avrebbe semplicemente dovuto cercarselo. Eppure no. Insisteva con me.

Ed erano passate sei settimane. Da allora, a parte i fiori, avevo ricevuto sms, un biglietto sulla porta di casa e una visita in biblioteca.

Per fortuna, era stato un sabato mattina affollato quando si era presentato e c'era stato un vasto gruppo di bambini nella stanza per l'ora di racconti e canzoncine. Se n'era andato ed era stata l'ultima volta che l'avevo visto.

Avevo paura di lui e, con quei fiori, ero più terrorizzata

che mai. L'avevo perfino detto alla polizia, ma loro avevano risposto che, a meno che non avesse commesso un crimine, non c'era nulla che potessero fare. E lui non aveva fatto nulla di illegale, aveva solamente esagerato. E anche loro si ricordavano fin troppo bene il nome dei Leary.

E quei fiori dimostravano che non aveva finito. Solo non capivo perché mai dovesse desiderare me se non gli piaceva il mio aspetto. Se non andavo abbastanza bene per lui. Non aveva senso.

«Roger,» dissi a Melanie, che era rimasta in attesa.

Lei perse ogni entusiasmo. «Oh. Devi dire a quel tizio di smetterla e trovarti un *vero* uomo.»

Un vero uomo. La prima cosa che mi venne in mente fu Landon Duke. Ora, *lui* era un vero uomo. Davvero. Vigoroso. Rozzo. Dominante, eppure protettivo e sorprendentemente delicato. E poi c'era Jed. Rilassato, esigente. Muscoloso. Nessuno dei due assomigliava *minimamente* a Roger. Dovevo riconoscerlo a Landon: sapevo esattamente quale fosse il mio posto con lui. Sapevo che gli piacevano le mie curve, gli piacevano i miei occhiali. Mi aveva fatta sentire... carina. Anche Jed.

Come avevo mai fatto a reputare Roger anche solo minimamente bello dopo aver visto/baciato/toccato Landon Duke e Jed Cassidy? Come avevo mai fatto a pensare che sarei stata abbastanza fortunata da stare con *due* uomini, non solo uno. Avevo la sensazione – nonostante fosse chiaro cosa pensasse Landon di me – di essermi veramente rovinata la piazza per gli altri uomini con solo quel breve tempo che avevamo trascorso insieme.

Roger aveva avuto ragione. Quale uomo avrebbe mai desiderato una Leary? Per quanto non avessi il minimo interesse nel rassegnarmi ad accontentarmi di un tipo inquietante come Roger solo perché lui mi avrebbe presa, magari ero contannata a restarmene a Raines.

Sospirai. «Ci lavorerò. Va' a casa. Ci penso io qua.»

Lei sembrò sul punto di dire altro riguardo a Roger, ma cambiò idea. «Fammi sapere se ti infastidisce. Peter non sarà d'accordo e se ne occuperà lui.»

Suo marito, Peter, era decisamente un maschio alfa, ma non volevo che venisse coinvolto in tutto quel casino con Roger più di quanto non volessi coinvolgerci Melanie. Avevano dei bambini e non avevano bisogno di occuparsi di qualcuno come lui. Roger sapeva dove abitavo. Non avevo bisogno che sapesse anche dove vivevano loro.

«Lo farò, grazie,» le dissi.

«Stephanie è con quelli della manutenzione nella zona piscina. C'è qualcosa che non va con la vasca idromassaggio. Tornerà presto ad aiutarti,» mi disse mentre usciva salutandomi con la mano.

Se ne andò ed io rimasi sola dietro il bancone della reception, se non altro fino a quando non tornò Stephanie. Ero contenta che avesse tutto il turno serale e che io dovessi restare come aiuto in più solamente fino alle sette. In piedi in mezzo all'ingresso, mi sentii esposta e vulnerabile, perfino quando mi passarono accanto degli ospiti, probabilmente diretti a cena. Sorrisi quando mi oltrepassarono e cominciai ad organizzare i fogli per i prossimi checkin. Ciò non fece che rendere ancora più visibile il fatto che mi tremassero le mani. Ora avrei dovuto comprare altri chiavistelli con delle nuove serrature di sicurezza oltre alla tela cerata per il tetto.

Roger sapeva dove lavoravo, sapeva dove abitavo. Avrei potuto trasferirmi. Be', no, non potevo. Non potevo permettermi altro a Raines. Casa mia, per quanto dilapidata fosse, era mia senza che dovessi spenderci un centesimo.

Dovevo solamente pagarne le tasse ogni anno, ma nient'altro. Mi bastava. Con i prestiti per gli studi, il mio budget bastava a malapena già solo a pagare il riscaldamento in inverno più le altre spese che dovevo sostenere. Cambiare il mio numero di telefono per colpa di Roger era uno spreco totale di soldi.

La casa mi era stata consegnata in eredità da mia madre, quando era morta all'età di otto anni. Io e mio padre ci eravamo rimasti fino a quando lui non era stato arrestato per l'incidente con omissione di soccorso ed io ero andata a vivere con la zia Clara in California. La casa era rimasta vuota durante il tempo che aveva trascorso in prigione e lui ci aveva vissuto solamente altri due anni dopo esserne uscito. Non aveva fatto nulla in quanto a manutenzione – o si era bevuto i soldi necessari o non era stato in grado di commissionare alcun lavoro perchè non era riuscito a farsi assumere per guadagnare qualcosa.

Ora, con la casa in pessime condizioni, il terreno era l'unica cosa che manteneva effettivamente un certo valore. Tuttavia, era mia ed io l'avrei lentamente sistemata. Volevo – per una volta – risparmiare per il futuro. Per non dover più, un giorno, fare due lavori. Semplicemente per... essere contenta vivendo una vita semplice. Niente stalker. Niente hater. Un solo lavoro. Un po' di soldi in banca. Un tetto senza infiltrazioni. Del tempo libero.

Era un sogno semplice.

Dovevo solamente chiedermi se Roger me l'avrebbe rovinato. Avrebbe potuto entrare in hotel in qualunque momento e non c'era nulla che io avrei potuto fare. Quello era un luogo pubblico. Se avesse fatto qualcosa, sarebbe stata la sua parola contro la mia ed io ero una Leary.

Come aveva reso più che chiaro Landon quella mattina, tutti a Raines odiavano i Leary.

9

UKE

«Che diavolo ci fai qui?» Mi immobilizzai nel vedere mio fratello sul divano. Ovviamente, non l'avevo sentito entrare, mentre ero sotto la doccia.

«Che hai?» mi chiese Tucker quando io andai in cucina a passi pesanti, afferrai una soda dal frigo, lo chiusi sbattendo l'anta e mandai giù la bevanda in un unico lungo sorso ghiacciato.

«Questa è casa mia. Perché sei qui?» Mi appoggiai con un fianco al bancone per rivolgermi verso il salotto e fissarlo. Era stravaccato sul mio divano a guardarsi una partita in televisione. Aveva i piedi sul mio tavolino da caffè e un pacco di patatine aperto accanto ad essi.

«Tocca a te ospitare la cena del venerdì.»

Chiusi gli occhi, poi mi passai una mano sul volto. Quella mattina, dopo essermi allontanato da quel casino inaspettato che era Kaitlyn Leary, avevo guidato dritto verso il nuovo cantiere nel lato meridionale della città e avevo piantato chiodi per tutto il giorno. Jed aveva chiuso il bar alle quattro del mattino, il che significava che avrebbe dormito tutto il giorno. Non avevo intenzione di svegliarlo per raccontargli di quella cazzo di granata esplosiva su cui ero incappato quella mattina. L'avrei lasciato *sperare* ancora per un po'.

Aveva comprato il bar e l'edificio che lo ospitava sulla Main Street l'anno precedente. Aveva un appartamento al secondo piano dove andava a dormire, ma casa mia – quella casa – era il luogo in cui avevamo intenzione di mettere su famiglia con la nostra donna. Pensavamo entrambi di averla trovata la sera prima, che Kaitlyn sarebbe stata la donna che avrebbe trasformato quel posto in una vera casa. Eppure no.

Cazzo. Bevvi un altro sorso di soda. Il lavoro in cantiere avrebbe dovuto aiutarmi ad abbassare il livello di rabbia e di frustrazione, ma non era servito a un cazzo. Gli altri operai si erano tenuti a debita distanza ed io avevo avuto un sacco di tempo per pensare. E nelle sei ore che avevo trascorso là, non avevo risolto nulla.

Nulla. Perché per quanto ce l'avessi a morte con Kaitlyn, la desideravo comunque. Avevo un disperato, impellente bisogno di tornare a casa sua e gettarmela in spalla per portarla fino alla superficie orizzontale più vicina, farcela sdraiare e scoparmela fino a quando non mi fossi dimenticato che suo padre aveva quasi ucciso i miei genitori. Assaggiare quella figa dolce, e non leccandomi le dita. No, volevo andare dritto alla fonte, mettermi quel dolce sapore appiccicoso su tutta la bocca e il mento. Trovarmi addosso il suo odore, sul mio cazzo. Me lo sistemai nei pantaloni, grato del fatto che T non potesse notarlo per via del bancone per la colazione.

Ero abituato agli scontri. Ne avevo avuti diversi

frequentando il rodeo – e non solo con i tori. Da pessimi ingaggi ai miei cazzo di fratelli... litigi e discussioni irrisorie capitavano tutti i giorni. Mai con una donna, però, e *mai* a quel modo. Avevo avuto solamente un assaggio di come sarebbe stato con lei e ne volevo ancora. Non il cazzo di scontro, ma la sera prima nell'ufficio di Jed. Mi venne ancora più duro al solo pensiero di quanto fosse stata reattiva, ricordandomi il modo in cui ci aveva praticamente cavalcato le dita.

Quella donna minuscola mi aveva stregato, facendomi perfino dimenticare della solita riunione di famiglia del venerdì.

«Merda, la cena,» replicai, gettando la bottiglia vuota nel contenitore della raccolta differenziata. Dopo aver finito al cantiere, ero tornato a casa e mi ero lavato. Adesso, avevo un fratello sul mio divano e il resto della famiglia in arrivo. E Jed. Cazzo, avrei dovuto dire anche a Jed di Kaitlyn. «Ordiniamo delle pizze.»

«Come ti pare.»

Usai il dorso della mano per ripulirmi la bocca. «Come ho già detto, perché sei qui? Hai casa tua per guardarti la partita.»

Quando i miei genitori avano deciso di abbandonare la vita da ranch, avevano comprato un piccolo appartamento in città – non troppo distante da me – e Tucker aveva assunto il comando dell'impresa e si era trasferito nella grande villa da solo. Quella in cui eravamo cresciuti tutti.

Mi lanciò un'occhiata, scrutandomi per un istante. «Julia ha detto che hai fatto l'uomo delle caverne ieri sera, che ti sei gettato una donna in spalla e te la sei portata via. con Jed. Mi ero aspettato di trovarti un po' più allegro, oggi, dopo aver finalmente fatto sesso, non scontroso come un fottuto orso. E non intendo un orso che sia andato effettivamente a fottere.»

Gli rivolsi il dito medio dal momento che non aveva risposto alla mia domanda. Era normale per i miei fratelli presentarsi semplicemente a casa mia e accomodarsi sul mio divano, perfino quando io non ero in casa. Non mi importava. Quel giorno, però... cazzo.

«Non ha funzionato?»

Lanciai un'occhiata alle ampie finestre, osservando le montagne in lontananza. Il sole stava calando verso di esse. «Non ha funzionato? Si potrebbe dire così.»

Non avevo intenzione di specificare il fatto che non avrebbe dovuto dar retta a nostra sorella, che era la peggiore nei pettegolezzi.

«Che aveva, troppo appiccicosa? Le sono piaciuti troppo due cazzi? Ti ha già mandato trenta messaggi in giornata?»

«Cazzo, no.» Dovetti immaginare che fosse succeso a lui se la stava ritenendo una possibilità.

Tucker aveva due anni meno di me, il piccolo Duke ribelle e quello che faceva venire i capelli bianchi a mia madre. Gli piacevano le donne e gli piacevano selvagge, specialmente col suo amico. E alle donne piacevano loro. Un sacco. Aveva preso i capelli biondi e il fisico snello di nostro padre. Io ero più ben piazzato, pesavo facilmente venti chili in più ed ero almeno due centimetri più alto.

Julia ci aveva chiamati tutti e tre – aggiungendo anche Gus al mucchio – i suoi fratelli succulenti. Di nuovo, quella maledetta analogia con la carne da macello. Tucker, o T per abbreviare, aveva un atteggiamento rilassato. Era più tranquillo, più cordiale di me. Forse era per quello che *lui* sembrava tanto sereno e appagato come se avesse scopato la sera prima e di nuovo quella mattina. Le donne non lo chiamavano Bisteccone per via della carne di famiglia.

«Cristo, dimmi che avete usato il preservativo.»

«Ma che cazzo, T?» gli chiesi, facendo il giro del bancone per andarmi a sedere sulla grande poltrona reclinabile che era perfettamente rivolta verso il caminetto *e* la grande TV, proprio come piaceva a me. Per quanto i miei fratelli passassero spesso a trovarmi, sapevano di non doversi mai sedere sulla mia poltrona. «Non l'ho mai fatto senza. Nemmeno Jed. Stiamo conservando quell'esperienza proprio come te.»

Avevamo concordato da adolescenti – dopo che nostro padre ci aveva spaventati a morte raccontandoci di come farlo senza preservativo avrebbe potuto rovinarci la vita – che l'avremmo fatto senza solamente una volta che tutti quanti avremmo trovato la donna che volevamo rivendicare.

«Allora non hai scopato. È questo il problema.»

«La pianti di insistere?» praticamente ringhiai.

Lui inarcò un sopracciglio chiaro e si limitò ad aspettare perché era chiaro che la sua risposta fosse no. I suoi occhi azzurri incrociarono i miei, sostenendo il mio sguardo.

Sospirai. «Ho conosciuto la figlia di Don Leary.»

Togliendo i piedi dal tavolino, lui si rizzò a sedere, chinandosi in avanti e appoggiando i gomiti sulle ginocchia, fissandomi con una rara serietà. «Pensavo che si fosse trasferita lontano quando suo padre era andato in prigione.»

«Lo pensavo anch'io, ma chiaramente adesso è tornata.»

«Che cosa voleva?»

«Voleva? Niente. Sono stato io a gettarmela in spalla.»

Lui si acciglió. «Perché cazzo l'avresti fatto?»

«Non sapevo chi fosse, in quel momento.»

«Nemmeno io saprei dire che aspetto abbia. Aveva, quanto-» Fece un calcolo mentale. -«Circa dodici anni all'epoca?»

Avevo avuto tutto il giorno per pensare a quanti anni

avesse avuto quando suo padre era andato contro l'auto dei miei genitori, cercando di ricordarmi che aspetto avesse avuto. Avevo solamente dei vaghi ricordi di una bambina silenziosa con i capelli castani seduta in tribunale. Da sola.

«Dieci, credo.»

«E adesso?»

Ripensai al suo piccolo corpo formoso, a quanto fosse stata stretta e bagnata la sua figa, e mi agitai sulla poltrona. «Adesso ha circa venticinque anni ed è fottutamente sexy.»

La porta d'ingresso sbattè e Gus entrò nella stanza.

«Chi è fottutamente sexy?» chiese, posandosi le mani sui fianchi e sogghignando. Faceva il veterinario e condivideva uno studio con altri due uomini, ma non avevo idea se fosse arrivato dalla clinica o se avesse avuto la giornata libera. Indossava le stesse cose – jeans, una camicia scozzese e stivali – a prescindere che andasse a lavoro o meno. E se c'erano tracce di una bella ragazza, voleva saperlo.

L'idea che Gus mettesse le mani su Kaitlyn mi fece stringere la mandibola, i molari pronti a scricchiolare. Era troppo innocente per il genere di stronzate spinte che faceva lui con i suoi due amichetti.

Poteva anche essere il più giovane di noi tre, ma era quello più grande, più alto perfino di me di un paio di centimetri. Io avevo la stazza, ma lui era puri muscoli snelli.

«Oh,» disse T in risposta, lanciando un'occhiata a Gust. All'improvviso, la sua testa si voltò di scatto verso di me, lo sguardo carico di comprensione. «*Oh.*»

Roteai gli occhi. «Già, *oh*.»

«Chi?» chiese di nuovo Gus.

«Kaitlyn Leary,» dissi io, la mia voce priva del suo entusiasmo.

«Kaitlyn Le... oh merda.» Gus lasciò ricadere le braccia lungo i fianchi, il suo ghigno facile che svaniva. Si era aspettato il racconto di una nottata selvaggia, ma si rese conto che non l'avrebbe ottenuto.

«Quindi ve la siete scopata,» commentò T con una scrollata di spalle, poi si riappoggiò allo schienale del divano. «D'accordo, dunque ti sei sfogato con quella figa. Non la scopata più furba da farsi, ma se non sapevi chi fosse...»

Mi alzai così da incombere su di lui, le mani strette a pugno. «Non dire certe stronzate sul suo conto. E non me la sono scopata.»

Non l'avrei fatto, non in quel momento. Non nell'ufficio di Jed. Avevo voluto farla stare bene, farla venire così che sapesse come sarebbe stato tra di noi. Solo un assaggio. Non avevo avuto intenzione di tirarmi fuori l'uccello dai pantaloni perché avevo desiderato di più di una sveltina con lei; tuttavia, poi, lei aveva premuto il palmo contro i nostri cazzi e noi ci eravamo trovati impotenti di fronte alla sua mano.

10

UKE

Gus mi si parò di fronte, pensando che avessi intenzione di lanciarmi contro T. Non l'avrei fatto se avesse smesso di dire stronzate sul conto di Kaitlyn, ma lo guardai da dietro Gus e gli rivolsi comunque uno sguardo omicida.

T sollevò le mani. «Whoa. Ti piace. Cioè, ti piace *davvero*.»

«Non te l'ho mai sentito dire prima,» aggiunse Gus, la voce bassa, forse perché si trovava a portata di pugno e non voleva irritarmi. Ci eravamo già azzuffati in passato, più volte di quanto chiunque di noi riuscisse a ricordare. Eravamo troppo grandi, troppo forti, adesso, e saremmo finiti con qualche commozione cerebrale, un naso rotto o peggio. E non eravamo tanto stupidi da menarci giusto un attimo prima che arrivasse nostra madre. «Dov'è Jed, in tutto questo?»

«Era proprio lì insieme a me. Per quanto riguarda oggi?

Dorme, come al solito. Papà aveva ragione,» dissi con un sospiro. «L'ho vista e ho pensato che fosse Quella Giusta. È stato come farmi colpire da una cazzo di trave. Anche Jed.»

Loro mi sorrisero. Sogghignarono come degli idioti, in realtà. «Fantastico,» disse Gus, dandomi una pacca sulla spalla.

«Non è fantastico,» controbattei io, lasciandomi cadere di nuovo sulla poltrona. «È Kaitlyn *Leary*. Suo padre ha quasi ucciso Mamma e Papà.»

«Um, embè?» ribatté T.

Gus si sedette sul tavolino da caffè, restando tra noi due.

«Non vi da fastidio?» Mi sorpresi di doverglielo chiedere.

«Cristo, Duke, lo sai che odio quell'uomo.» T si alzò, andò in cucina e prese una soda. O tre, dato che vidi che ne aveva una per tutti noi quando tornò indietro.

«Anch'io,» mormorò Gus, prendendone due e porgendomene una. Ne tolse la linguetta e bevve un sorso. «Ma a te non piace quello stronzo.»

«Aspetta un attimo,» disse T, sollevando una mano. «Hai detto che non sapevi chi fosse quando l'hai conosciuta ieri sera. Ma lo sai adesso. Il che vuol dire che l'hai vista di nuovo. Stai omettendo qualcosa.»

Gus annuì, d'accordo con lui.

«Va bene. Ecco com'è andata.» Rccontai loro di averla accompagnata in macchina – tralasciando i dettagli di quanto avessimo fatto con lei nell'ufficio di Jed – e di come avesse dato di matto fuggendo via.

«All'epoca, nemmeno lei sapeva chi fossi tu,» commentò Gus, bevendo un altro sorso di birra.

«Stai scherzando? Pensava che facessi parte dello spettacolino maschile,» risposi io, sorridendo mentre mi ricordavo di quanto fosse stata sorpresa.

Loro mi fissarono per un istante, poi scoppiarono a ridere.

«Ha pensato che fossi uno spogliarellista? Classico,» commentò T, sogghignando. «Già, non aveva proprio la minima idea di chi fossi.»

«Cosa? Avrei potuto passare per tale,» controbattei io, solo leggermente offeso.

Quel commento non fece che farli ridere più forte.

Roteai gli occhi. «Ad ogni modo, quando le ho detto il mio nome, è stato come se le avessi detto che avevo la lebbra o qualcosa del genere,» replicai, distogliendoli dall'idea di me che facevo lo spogliarellista. «È fuggita più in fretta di un cazzo di coniglio terrorizzato.»

«Dunque eravate tutti ignari. Semplicemente... attratti gli uni dagli altri. A lei tu piacevi – un tizio di cui non sapeva nemmeno il nome – se ve la siete fatta come due adolescenti. E se ci ha dato dentro *sia* con te che con Jed, allora o voleva una storiella selvaggia, o davvero le piacciono le cose a tre.»

T aveva smorzato i termini per ciò che avevamo fatto. Diamine, avevamo condiviso i dettagli riguardo alle donne con cui eravamo stati in passato, ma Kaitlyn era diversa e T sembrava rendersene conto ora.

Per quanto fossimo stati fottutamente arrapati da adolescenti, non ero mai arrivato a compiere quel passo al liceo. All'epoca, mi ero assicurato di venire io, non di far venire lei. Non ero stato egoista, solamente ignorante. E per quanto io e Jed avessimo concordato sul fatto che avremmo rivendicato una donna insieme, non avevamo passato entrambi una notte con una fino al college.

Pensai a Kaitlyn, al modo in cui le si era annebbiata la vista dietro agli occhiali con i nostri baci, il modo in cui avesse detto, «Okay» con un sospiro eccitato un attimo prima che io le insinuassi un dito dentro quel calore stretto e la trovassi bagnata ed eccitata per me.

«Già, non eravamo proprio adolescenti, ma è stata più che d'accordo anche lei, come ho detto, fino a quando non le ho detto come mi chiamassi.»

Mi aspettavo che entrambi facessero qualche stupido commento da idioti, ma non ne arrivò nessuno.

«Dopodiché, tu ancora non sapevi chi fosse *lei*.»

Scossi la testa. «Non l'ha detto prima di fuggire. Sono rimasto sveglio per mezza nottata a chiedermi che cazzo fosse successo e come avrei fatto a rivederla. Jed era furioso per essere dovuto rimanere a preparare drink.»

Gus posò la birra sul tavolino accanto a sé. «Ma hai scoperto come fare.»

Offrii loro un sorriso stanco. «Si è scoperto che era il mio appuntamento per una ristrutturazione di questa mattina. Vive nella sua vecchia casa.»

«Oh merda,» borbottò T.

«Esatto. Il solo accostare davanti a quel posto mi ha dato il voltastomaco. Pensavo che se lo fosse comprato qualcuno, che avesse voluto darci una sistemata e avevo avuto intenzione di dire loro che non avrei potuto accettare il lavoro, che gli avrei consigliato qualcun altro. Invece, ha risposto Kaitlyn alla porta. Mi ha detto la verità sul perchè fosse scappata la sera prima.»

«Perché lei è una Leary e tu sei un Duke.»

Annuii. «Sì.»

«Mi stai dicendo che è scappata via terrorizzata perché si è resa conto di chi fossi e che tu, cosa, l'avresti detestata o qualcosa di altrettanto stupido?» chiese Gus, parlando lentamente come se fossi stato un idiota.

Il mio cuore battè forte una volta per poi fermarsi. Mi alzai, andai verso la grande finestra, dando la schiena ai miei fratelli. La mia proprietà confinava con un campo, l'erba alta e verde che ondeggiava al sole al tramonto. Mi sfregai la nuca, facendo una smorfia di fronte a ciò che aveva insinuato Gus. Ciò che ormai era palese.

Ero un idiota.

«Oh merda.»

«Merda cosa?» chiese Gus, la voce cupa, come se avessi bevuto l'ultima soda rimasta e avessi avuto paura di dirglielo.

«È *esattamente* ciò che ha pensato,» dissi. «Gliel'ho confermato questa mattina facendole una lista di tutto ciò che aveva fatto suo padre, dicendole come avesse distrutto il mio diciassettesimo compleanno e concludendo dicendole-»

Chiusi di scatto la bocca, ricordandomi delle parole che avevo usato. Le avevo detto effettivamente *Ti detesto*.

«Il tuo diciassettesimo compleanno? Ma stai scherzando, cazzo? Cristo, aveva dieci anni,» sbottò Gus.

«Ti ha tirato uno schiaffo? Avrebbe dovuto farlo,» aggiunse T, scuotendo la testa come se fosse stato deluso da me.

Ne aveva motivo. Io ero deluso da me stesso.

Mi ricordai di come avesse incrociato il mio sguardo, incassando ogni singola parola cattiva che le avevo rivolto. Non aveva fatto una piega, non aveva distolto lo sguardo.

Mi passai una mano sulla testa. «No, non si è difesa, non mi ha insultato né altro. Si è semplicemente mostrata d'accordo con me,» dissi, fissando fuori dalla finestra, elaborando la cosa. Dopo un minuto, mi voltai a guardarli, posandomi le mani sui fianchi. «Sono stato uno stronzo. Lo ammetto. Ciò che è peggio è che lei pensa davvero che dovrei odiarla – che tutti noi dovremmo farlo – per via di ciò che ha fatto suo padre. È disposta a conviverci. Non mi si sarebbe mai avvicinata al bar se avesse saputo chi ero. Diamine, scommetto che non sarebbe andata alla serata donne se avesse saputo che Jed era il proprietario del Cassidy.»

«Sei uno stronzo, lo sai?» mi chiese T.

Già, lo ero.

«Penso di aver appena rovinato l'unica occasione che avrei avuto con lei.» E quel pensiero mi fece venire voglia di vomitare e di tirare un pugno contro il muro. «E quella di Jed.»

«Tu credi?» aggiunse Gus, scuotendo la testa.

Mi posai le mani sui fianchi, pensando a cosa avesse fatto dopo che me n'ero andato, pensando solamente a me stesso. Stava bene? L'avevo ferita, ne ero sicuro, anche se non l'aveva dato a vedere.

Cazzo, era coraggiosa. Premurosa. Preoccupata. Sapevo ancora pochissimo di lei, ma mi bastava. Era perfetta. Fottutamente perfetta, ed io l'avevo calpestata con i miei cazzo di stivali sporchi da lavoro.

Per la prima volta in tutta la giornata, tenni la testa alta. Sapevo cosa dovevo fare.

Tornare da lei strisciando.

«Devo sistemare la cosa. Non è stata colpa sua se suo padre era un coglione. Merda, aveva *dieci anni*. Devo andare.»

«Chiama Jed. Vorrà esserci anche lui per assicurarsi che non combini qualche altro casino,» disse T.

Li superai entrambi di corsa, afferrai le chiavi dal tavolo accanto alla porta d'ingresso e la aprii.

I miei genitori stavano salendo in veranda, il che mi costrinse a fermarmi. Non vedevo assolutamente l'ora di andare da Kaitlyn, di sistemare le cose, ma non potevo ignorarli.

«Dove stai scappando?» chiese mia madre, piegando la testa di lato così che potessi darle un bacio sulla guancia.

Non mi arrivava nemmeno alla spalla. Mentre lei era minuta, mio padre era alto. Si era abbassato un po', ma aveva comunque il portamento alto e fiero di un cowboy del Montana. Era mia madre ad essere più robusta. Poteva avere i capelli bianchi e far parte del consiglio comunale, ma non andava sottovalutata.

Mio padre mi salutò con una pacca sulla spalla. «Ti sei dimenticato il dolce?» mi chiese con una risata.

«Devo andare a sistemare una cosa.» Corsi verso il mio furgone nel vialetto, senza sprecare altro tempo a dar loro una spiegazione. Tirai fuori il cellulare e chiamai Jed. Per dirgli che cosa avevo fatto e far andare anche lui a casa di Kaitlyn. Subito.

«Tornerai per cena?» esclamò mia madre.

Mi lanciai un'occhiata alle spalle. T e Gus erano assieme ai miei genitori in veranda.

«Spero di no.»

11

AITLYN

S<small>ENTII IL VEICOLO ACCOSTARE</small>, il motore che si spegneva. Da dov'ero appollaiata sul tetto, con un angolo del telo cerato blu pizzicato sotto il ginocchio e una spillatrice in mano, vidi che si trattava di Landon. Non potevo non notare l'enorme pickup, con le parole Compass Construction e il logo dell'azienda sulla fiancata, né l'enorme uomo che ne scese. Il cuore mi batté forte nel vederlo, tutto spalle ampie, muscoli spessi e gambe lunghe. Si sistemò il cappello da cowboy sulla testa. Non mi aveva vista ed io mi concessi del tempo per osservarlo. Mi ricordavo di come mi avesse baciata, di come le sue mani – Dio, le sue mani erano come una magia – mi avevano toccata, provocandomi un orgasmo in meno di un minuto. Mi ricordavo perfino il suo odore.

Un secondo pickup accostò parcheggiando dietro a quello di Landon, spegnendosi. Ne uscì Jed talmente in fretta da non richiudere nemmeno la portiera.

Si avvicinò a passi rapidi a Landon, posandosi le mani sui fianchi. Da quella distanza, riuscivo a capire già solo dalla loro postura che erano entrambi nervosi. Nulla a che vedere con i muscoli rilassati della sera prima dopo che avevo afferrato i loro cazzi facendoli venire. Mi ricordavo della sensazione del loro seme caldo che mi finiva sulla pelle, l'odore di sesso – nonostante non l'avessimo effettivamente fatto – che permeava l'ufficio di Jed.

Riuscivo a sentirli parlare, ma ero troppo lontana per distinguerne le parole. Jed sembrava furioso e, a giudicare dal modo in cui si passò una mano sul viso, poteva essere stato Landon a farlo sentire così.

Per quanto io non mi fossi mossa, non avessi nemmeno respirato da quando erano arrivati, Jed in qualche modo mi vide. Rimase senza parole. «Che ci fai là sopra?» mi gridò dalla strada, mani sui fianchi.

Landon voltò di scatto la testa, spalancando gli occhi nel vedermi inginocchiata sul tetto.

Non avevo pensato che li avrei rivisti, specialmente non lì a casa. Magari passando sulla Main Street o qualcosa del genere, ma non così. Il loro arrivo era stato voluto. Era chiaro che Jed avesse scoperto la verità su chi fossi, su ciò che era successo quella mattina. Era venuto anche lui a urlarmi contro? Per quanto mi meritassi tutto ciò che avrebbe voluto dirmi, non mi piaceva farmi urlare addosso. A chi piaceva?

Tuttavia, se Jed avesse voluto rivendicare il proprio turno, glielo avrei permesso, dopodiché, magari, se ne sarebbero andati per sempre. Mi avrebbero lasciata in pace, o quasi.

Posando la spillatrice sull'angolo del telo, mi alzai e mi avviai verso la scala.

«Fa' attenzione là sopra!» gridò Jed, praticamente correndo verso di me con Landon alle calcagna.

Quando raggiunsi la cima della scala di legno, Jed ci era già salito, arrivando a pochi gradini dalla cima, e ci trovammo quasi faccia a faccia. Mi stava lì di fronte con la mano tesa. La mano che mi aveva portata tanto abilmente all'orgasmo la sera prima. «Attenta, piccola. Non voglio che cadi. Che ci fai qua sopra?»

Mi lanciai un'occhiata alle spalle in direzione del telo. «Sto coprendo la parte rovinata del tetto.»

Jed abbassò lo sguardo su Landon. «Chiama il tuo riparatore e digli di venire qui come prima cosa domani mattina per aggiustare questo cazzo di tetto.» A me disse, addolcendo il tono di voce, «Non dovresti farlo.»

Strinsi le labbra. «So badare a me stessa. L'ho fatto per anni. Si tratta di un semplice problema del tetto e il telo è una soluzione temporanea fino a quando non riuscirò a ingaggiare qualcuno che effettui la riparazione.»

Jed assottigliò lo sguardo e strinse la mandibola. «Non dovresti, piccola. Se Landon non fosse stato un tale idiota questa mattina, non ti troveresti qua sopra.» Il suo sguardo scrutò il tetto, indubbiamente notando il telo e alcune delle tegole mancanti o storte in altri punti, ma non disse altro. «Hai finito?»

Riguardai il mio rattoppo. «Ho ancora un angolo da fissare con la spillatrice.»

Lui salì sul tetto e mi ricordai di quanto fosse alto dal momento che gli arrivavo solamente alla spalla. «Resta qui. Non muoverti.»

Con le sue gambe lunghe, andò fino al telo, impugnò la spillatrice e fissò l'ultimo angolo. In meno di un minuto, fu di nuovo al mio fianco.

«Landon, porta qua il culo,» esclamò.

Sbirciando oltre il bordo, vidi Landon mettere via il cellulare e guardarmi. Salì fino a metà scala, i suoi occhi scuri che non abbandonavano mai i miei.

«D'accordo, piccola. È arrivato il momento di scendere. Landon starà sotto di te sulla scala, io sopra. Sarai al sicuro.»

Jed si stava dimostrando ridicolmente iperprotettivo. Ci trovavamo solamente a circa tre metri da terra e io avevo già usato diverse volte una scala come quella. Per quanto non volessi cadere, c'era dell'erba ad attutire il colpo nel caso in cui l'avessi fatto. Tuttavia, non discussi: l'espressione sul suo viso – e su quello di Landon – mi disse che avrebbero insistito. Senza dire nulla, scesi fino a trovarmi a terra di fronte a Landon. Jed saltò giù, evitando gli ultimi gradini, fino a quando non mi trovai in mezzo a loro.

Nervosa, insicura su cosa dire, offrii loro un semplice, «Grazie.»

Erano vicini. *Molto* vicini. Se avessi sollevato una mano, avrei potuto posarla sul petto di Landon. O più in basso fino a prenderglielo come avevo fatto la sera prima. E se avessi fatto un mezzo passo indietro, mi sarei scontrata col petto duro di Jed. E il suo cazzo duro.

«Quelli del tetto verranno qui domani alle sette,» disse Landon. «Finiranno tutto il lavoro entro la giornata.»

«Di sabato?» Scossi la testa. «Non esiste. Non ce n'è bisogno. Io... uhm, be', non posso pagare tutta la riparazione, specialmente al prezzo di un lavoro fatto nel finesettimana. Devi annullare l'appuntamento o dire loro di sistemare solo la sezione sotto il telo.» Strappai la spillatrice di mano a Jed e andai al capanno accanto alla casa dove tenevo gli attrezzi.

Loro mi stavano seguendo, i loro passi pesanti nell'erba.

«No,» disse Landon.

Mi fermai, girandomi di scatto. «No? Puoi odiarmi. Va bene.» Lanciai un'occhiata tagliente a Jed. «Anche tu. Lo sopporterò. Mi terrò alla larga. Non verrò al Cassidy, in qualunque altro posto vi piaccia andare. Diamine, faccio già la spesa a Clayton. Ma non potete venire a casa mia a dirmi che cosa fare. Non potete avere tutto.»

Adesso ero furiosa ed era molto meglio che essere triste. Mi aiutava a tenere a bada le lacrime perchè decisamente non volevo piangere di fronte a quei due. Non avevo intenzione di dar loro a vedere quanto mi facesse male.

Rendendomi conto che non me ne fregava un cazzo di rimettere a posto la spillatrice, lasciai perdere il capanno, limitandomi a voltarmi in direzione della casa. Sarebbe stato molto più facile evitarli se gli avessi chiuso la porta in faccia, ma le mie gambe erano molto più corte delle loro e perfino muovendomi a passo svelto, loro mi stettero facilmente dietro, per quanto mantenendosi a un passo o due di distanza. Magari pensavano che fossi pericolosa con la spillatrice in mano.

«Hai ragione,» disse Landon.

Avevo ragione?

Raggiunsi i gradini della veranda, voltandomi. Ci trovavamo faccia a faccia, entrambi di fronte a me. Gli occhi azzurri di Jed erano calmi, allo stesso livello dei miei. Landon si tolse il cappello ed io riuscii chiaramente a vedere che il suo sguardo scuro non dimostrava rabbia, ma qualcos'altro. Qualcosa di... combattuto.

«Ho... ragione?»

«Riguardo al sentirti dire che cosa fare,» ammise Landon. «Ma a me piace fare il prepotente.»

Jed roteò gli occhi, dandogli un pugno sulla spalla.

«Duke è uno stronzo e ti ha trattata da schifo stamattina. Ha detto cose che non intendeva. Giusto?» Jed guardò Landon.

«Non ti detesto,» disse lui, lo sguardo fisso su di me, non su Jed. «Merda, affatto. Non avrei dovuto dirlo. È stato crudele, offensivo e una completa menzogna.»

Mi accigliai. «Perché non mi detesti?»

«*Vuoi* che ti odi?» chiese lui, spalancando gli occhi.

«Non voglio che mi odi,» controbattei io. «Certo che no. Me lo aspetto, però.»

Alla mia scrollata di spalle, loro due mi fissarono come se avessi detto di essere un'aliena. «Te lo *aspetti*? Per via di questa mattina? O di ieri sera?»

«Per via di quello che ha fatto mio padre.»

«Quello che ha fatto tuo *padre*. Non tu,» aggiunse Jed.

Scrollai leggermente le spalle. «Fa lo stesso.»

Landon mi posò una mano sul braccio, poi la lasciò cadere, come se non avesse avuto il diritto di toccarmi. «Non è affatto lo stesso.»

«Non sapete nulla di me,» ribattei.

«So di che colore sono le mutandine che indossi,» rispose lui, il suo sguardo che mi scorreva lungo il corpo. «So che versi fai quando vieni. Che espressione fai. Conosco la sensazione della tua piccola mano attorno al mio cazzo. So come mi fai sentire.»

Arrossii, mentre lui non sembrava avere problemi a parlare sporco. «Un'avventura di una notte.»

Entrambi scossero la testa. «Dicevamo davvero quando ti abbiamo detto che appartenevi a noi,» disse Jed, abbassando lo sguardo sulla mia bocca.

«E tu pensi che sia *lui* quello prepotente?» gli chiesi.

Lui a quel punto sogghignò. Un sorriso malizioso, oscuro. Pericoloso per il muro che avevo eretto attorno al cuore.

«Quando ti ho vista ieri sera, per me è finita. Uno sguardo e sono diventato tuo,» cominciò Landon. Era così bello, così *giusto*. «E questo quando non sapevamo nulla l'uno dell'altro, nemmeno i nostri nomi. Ciò dà prova del legame che condividiamo. Che è reale a livello elementare.»

«Quello che condividiamo tutti e tre,» chiarì Jed. «Quando tu e la tua amica vi siete avvicinate al bar, vederti per la prima volta è stato come se Landon mi avesse colpito allo stomaco con uno dei suoi travetti.» Si sfregò una mano sul ventre piatto.

«Mi dispiace,» mi disse Landon, prendendomi finalmente per mano. Sentii i calli rozzi sul suo palmo, quanto fosse calda la sua pelle, il suo tocco delicato. «Mi dispiace così tanto, cazzo. Ho dei seri problemi a controllare la mia rabbia quando si tratta di tuo padre, ma li ho riversati su di te. Non è stato giusto e avevo torto. Se mi permetterai-»

«Ci,» si intromise Jed-

«-ci permetterai di riprovarci, allora ti mostreremo... ti dimostreremo come può essere tra di noi. Per il resto delle nostre vite, cazzo.»

A quel punto arrivò un'auto, poi un'altra dietro di essa. Jed e Landon si voltarono mentre della gente ne scendeva.

Una, due... cinque. Oddio. Era il resto della famiglia Duke.

Due grandi uomini che assomigliavano incredibilmente a Landon, una donna dai capelli rossi che non ci assomigliava affatto. Julia Duke. Mi ricordavo del colore dei suoi capelli da quando avevo avuto dieci anni, il fatto che avessi pensato che assomigliasse ad Anna dai Capelli Rossi, un libro che avevo letto riguardo a un'orfana dalla chioma di quel colore. Poi c'erano il signore e la signora Duke. Ora me li ricordavo, per quanto avessero i capelli un po' più bianchi che in tribunale.

La signora Duke condusse tutti lungo il vialetto, poi si dispiegarono a circa tre metri da noi. Erano come un muro, che teneva Landon e Jed fermi al loro posto, o che si schierava per urlarmi contro a propria volta.

«Che ci fate tutti qui?» chiese Landon.

«Ci assicuriamo che non rovini tutto,» disse il signor Duke, fissandolo male.

«Hai detto a questa bella ragazza che la *detesti*?» aggiunse la signora Duke con le mani sui fianchi. Era una donna minuta, ma decisamente risoluta. Di tutta la famiglia, perfino rispetto ai ragazzi Duke tanto vigorosi, era quella che temevo di più. Con i suoi jeans e la camicetta azzurra, i capelli grigi acconciati in un caschetto che le arrivava al mento, sembrava un'insegnante da scuola domenicale, eppure forte e determinata abbastanza da crescere tre ragazzi – e Julia.

«Tucker è uno spione,» borbottò Landon. «Che ci fate tutti voi altri qua?» chiese Landon adocchiando i fratelli.

Tucker, o forse era Gus, sogghignò. «Ti guardiamo strisciare, fratellone.»

Julia roteò gli occhi. «Non sta facendo un gran lavoro. Non è in ginocchio.»

«Dovrei sculacciarti come quando avevi quattro anni,» lo rimproverò la signora Duke.

Jed strinse le labbra e riuscii a vedere che stava cercando di trattenere una risata.

Che stesse strisciando o meno, messe da parte le scuse, c'era di più in ballo che non solo me che perdonavo Landon. Capivo perchè fosse sbottato, perché se la fosse presa tanto quella mattina. Avevo provato lo stesso tipo di rabbia nei confronti di mio padre per anni e anni. Riconoscevo quella sensazione. Nonostante ci fosse dell'alchimia tra me e

Landon, un'alchimia ridicola, eccitante e sexy, non bastava. Quella mattina aveva dimostrato che c'era della rabbia irrisolta, delle emozioni forti quando si trattava dell'incidente. Non aveva importanza che il signore e la signora Duke stessero bene, che si fossero ripresi del tutto dalle loro ferite. Quella era una cosa fisica. Le ferite emotive andavano ben oltre i due che erano stati effettivamente colpiti. Landon aveva dei problemi ed io potevo presumere che ne avessero anche gli altri, specialmente quando si trattava di me.

Dire a Landon che lo perdonavo e che avremmo potuto... riprovarci, non era abbastanza.

Avevo altre cinque ragioni per allontanarmi che si trovavano proprio sul prato di casa mia.

«Landon,» dissi, posandogli una mano sul braccio. Lui si voltò nuovamente verso di me. Riuscivo a sentire il suo calore perfino attraverso la manica della sua camicia. Anche i muscoli duri. «Anche se ti dicessi che ti perdono, c'è il resto della tua famiglia che mi detesta. Non ho intenzione di mettermi tra di voi. Non ho intenzione di distruggervi. L'ho già fatto abbastanza.»

«Cosa?» chiese Landon. Lo fecero anche la signora Duke e perfino Julia.

Cominciarono a parlare tutti insieme e a discutere. Io guardai Jed, che rimase in silenzio, e gli rivolsi un'occhiata che diceva, *vedi?*

Un brusco fischio perforò l'aria. Tutti si zittirono e guardarono la signora Duke. Lei abbassò la mano dalla bocca. Sembrava che saper fischiare forte fosse un'abilità richiesta – e piuttosto sfruttata – in quella famiglia. «E insomma. Ragazzi, spostatevi.» Avanzò verso di me e Landon e Jed indietreggiarono. Ragazzi non lo erano.

Eppure, pur essendo più alti di almeno venti centimetri, fecero esattamente come aveva detto.

Dopo quindici anni, mi trovavo di fronte alla signora Duke. Trassi un respiro profondo, rilasciandolo. Mi sentii nuovamente accaldata – e non era per via del sole che stava tramontando – e il cuore mi batteva forte nelle orecchie.

«Perché pensi che distruggeresti la mia famiglia?» mi chiese.

«Per via dell'incidente,» replicai io, leccandomi le labbra.

«Mi aspetto una risposta così semplice dai miei figli, dei grandi idioti, non da te.»

«Ehi! Non accostarmi a Duke. È lui che ha il soprannome di un pezzo di carne,» esclamò Gus.

«Ma certo, Salsicciotto.»

«Bisteccone,» borbottò Gus di rimando. Sembrava che avessero tutti degli strani soprannomi relativi alla carne e si comportavano da bambini. Senza avere dei fratelli miei, trovavo teneri i loro battibecchi. Un altro motivo per non infastidirli.

La signora Duke non si voltò per guardare i suoi due figli più giovani, si limitò a roteare gli occhi. «Visto? Ma tu sei troppo furba per questo.»

«La ringrazio, signora.» Che altro avrei potuto dire?

«Vuoi che ripeta la domanda?»

«Nossignora.» Sospirai, ricordandomi fin troppo bene che cosa mi avesse chiesto. «Per quanto Landon possa essere disposto a perdonarmi per ciò che ho fatto alla vostra famiglia, non penso che parli a nome di tutti voi. Non voglio che voi altri continuiate ad odiarmi mentre lui ha una... una relazione con me.»

Relazione non era il termine che avrei usato per ciò che avevamo fatto la sera prima, ma non avevo intenzione di condividere il fatto che gli avevo preso l'uccello e l'avevo menato a Landon fino a farmi schizzare il suo seme sulla figa e le cosce nude. Poteva anche essere un uomo di trent'anni e sua madre molto probabilmente sapeva che non era vergine, ma non aveva bisogno di conoscerne i dettagli intimi.

«Non funzionerebbe mai ed io non gli chiederei mai di scegliere tra me e la sua famiglia,» proseguii.

«Cos'è che hai fatto alla mia famiglia?» chiese lei.

Spalancai la bocca. «Di tutto quello che ho detto, è su *questo* che vi concentrate?»

Lei si limitò a inarcare un sopracciglio grigio in risposta. Io non ero cresciuta con una madre, ma ero sicura che quell'espressione funzionasse nel far fare ai figli tutto ciò che voleva.

«Che cosa ho fatto alla sua famiglia?» ripetei. Mi leccai le labbra, traendo un respiro. Per quanto fossi stata pronta ad ammettere i miei peccati, quelle parole rimanevano difficili da pronunciare. «È stata colpa mia se siete rimasti feriti.»

Ora sembrava semplicemente confusa. «Tua? Come? Hai bevuto tu una quinta vodka?»

«No.»

«Hai guidato tu lungo la strada di campagna, quando avevi dieci anni, finendo contro la nostra macchina?»

Le sue domande non mi soprendevano. Dirette, proprio come lei. Facevano comunque male, col rivivere il tutto, specialmente con la donna che era rimasta tanto ferita. «No.»

Il signor Duke avanzò mettendosi accanto a sua moglie e posandole una mano sulla spalla. Aveva più o meno la stessa stazza di tutti i suoi figli. Lei gli posò la mano sulla sua, un segno di decine di anni d'amore. Quel semplice gesto d'affetto, di rassicurazione, mi fece venire un groppo in gola. Avrei potuto uccidere tutto quello. Loro.

«Allora perchè è stata colpa tua?» mi chiese lui.

Ora mi sentivo controinterrogata. Ero talmente nervosa da sentire le farfalle nello stomaco, impazienti di uscire.

Mio padre aveva saputo la verità sul mio coinvolgimento. Anche la zia Clara, ma una volta trasferita in California per vivere con lei, non avevamo parlato affatto di ciò che era successo. Semplicemente... eravamo passate oltre. Non l'avevo mai detto ad alta voce a nessuno, ci avevo semplicemente convissuto per tutti quegli anni.

«Mi trovavo a casa di una mia amica per un pigiama party.» Mi schiarii la gola, posandomi una mano sullo stomaco. «Stava piovendo e faceva freddo e non volevo tornare a casa a piedi. Per cui ho chiamato mio padre e gli ho chiesto di venirmi a prendere.» Era difficile parlare per via dell'enorme groppo in gola che avevo. «È allora che vi è venuto addosso. Non è mai arrivato ed io sono finita col tornare a casa a piedi comunque. Io... non sapevo che fosse ubriaco.»

«Oh, tesoro.» La signora Duke mi attirò tra le braccia e mi strinse a sé. Con forza. Inizialmente, rimasi sconvolta, completamente senza parole per quell'abbraccio a sorpresa, ma poi mi resi conto che era bello. Che mi faceva sentire a mio agio.

Era brava a dare abbracci, era morbida e le sue braccia mi cingevano nella maniera perfetta. Aveva perfino un buon odore.

Tuttavia, le emozioni che stavo ricevendo da quell'abbraccio non erano per me.

Mi ritrassi, indietreggiando. Rimettendo un po' di spazio tra di noi. «La prego, no. Non dovrebbe consolarmi. Sono io a dispiacermi.» Il grumo di lacrime si liberò dalla mia gola riempiendomi gli occhi. «Mi dispiace. Mi dispiace così tanto per lei e il signor Duke.» Sollevai lo sguardo su di lui, ma non riuscii a vederlo più di tanto perché era sfuocato e gli occhiali mi erano scivolati lungo il naso.

Un braccio mi si avvolse attorno alla vita da dietro, attirandomi in una forte stretta. Landon. Conoscevo la sensazione che mi dava, il suo profumo.

«Angioletto,» mi disse.

Soltanto quella parola, ma il modo in cui risuonò, l'angoscia nel suo tono mi fece appoggiare la testa all'indietro contro il suo petto.

«Non è stata colpa tua,» disse la signora Duke.

«Noi non ti biasimiamo,» aggiunse il signor Duke. «Non l'abbiamo mai fatto. Non per un singolo istante abbiamo pensato che fossi responsabile di *nulla* di quanto accaduto.»

«Ma io-»

«Non è stata colpa tua,» ripeté Landon con veemenza.

Mi spinsi nuovamente gli occhiali sul naso, guardando Gus, Tucker e Julia. «No,» replicò Julia. Tucker e Gus si limitarono a scuotere la testa.

Li fissai tutti quanti, senza dire una parola. Landon mi fece voltare, sollevandomi il mento così che incrociassi i suoi occhi scuri. «Non è stata colpa tua. Non posso credere che tu l'abbia pensata così per tutto questo tempo, cazzo.»

«Sono stata io a chiamarlo. Se fossi andata a casa a piedi, non sarebbe successo.»

«Anche se lui non avesse bevuto tutta la notte non sarebbe successo,» controbatté lui.

«C'era un bruttissimo tempo quel giorno,» aggiunse la signora Duke. «Il fatto che tuo padre si fosse aspettato che tornassi a casa a piedi indica che è stato lui a sbagliare come padre, non tu.»

«Ma lui ha detto...»

Il pollice di Landon mi sfiorò la guancia e mi asciugò

una lacrima, come se avesse davvero pensato che non fosse stata colpa mia. Come se gli fosse... importato.

«Quando l'ho visto in tribunale, lui mi... mi ha detto che se non fossi stata tanto pigra, tanto viziata, i Duke non sarebbero rimasti feriti. Che lui non sarebbe andato in prigione mentre io la passavo liscia.»

12

 ED

KAITLYN STAVA PIANGENDO. Singhiozzava forte e a intermittenza contro il petto di Duke. Per fortuna. Lo schifo che si era tenuta dentro per tutti quegli anni doveva averla infettata. Come l'esplosione di rabbia di Duke: non si era reso conto di quanto fottutamente incazzato fosse stato nei confronti di suo padre. Di quanto la cosa persistesse ancora. Ma quello... cazzo, era tutta un'altra cosa.

Incrociai subito il suo sguardo, vidi la scintilla oscura nei suoi occhi, il modo in cui serrò la mascella al punto da far scricchiolare i molari. Già, provavo la stessa cosa, cazzo. Ero così furioso che se Don Leary non fosse stato già morto, l'avrei ucciso io stesso con le mie mani, cazzo. Quella era la nostra donna e qualcuno l'aveva ferita. Non solamente *qualcuno*, ma suo padre. No, non era un cazzo di padre. Era stato un donatore di sperma che aveva mantenuto Kaitlyn in vita. Nient'altro. Conoscevo genitori del genere perchè ne avevo avuti io stesso.

Mio padre era stato un fannullone che era finito a farsi vent'anni in prigione. Mia madre aveva preso a farsi di metanfetamina ed era peggiorata rapidamente. Un uomo diverso nella sua vita ogni settimana, estranei che andavano e venivano vendendole roba. Perdere la casa e trasferirci in una roulotte accanto ai binari. Una volta compiuti diciassette anni, ero andato a vivere con i Duke, per quanto nella baracca. Ad ogni modo, era stato un posto sicuro, pulito e avevo avuto tre pasti completi al giorno. Mia madre non si era nemmeno accorta che me ne fossi andato.

Non c'erano stati unicorni e arcobaleni, ma avevo avuto una famiglia: i Duke. Loro mi avevano mostrato come fossero dei genitori amorevoli e sani di mente. Come avrebbe dovuto essere una vera famiglia.

Ma Kaitlyn? Lei aveva avuto solamente suo padre.

Come aveva osato scaricare i propri crimini sulle spalle di una bambina di dieci anni? Il fatto che Kaitlyn credesse ancora alle sue parole, quindici anni dopo, era veramente straziante. Le sue lacrime mi stavano praticamente uccidendo. Il signore e la signora Duke non sembravano tanto più felici, ma in quanto genitori, riuscivo a vedere che avrebbero voluto stringere Kaitlyn tra le braccia loro stessi. Riempirla di biscotti e di amore. Non che ne avesse avuto molto di entrambi in tutta la sua vita.

Tucker e Gus stavano parlando a bassa voce con Julia, nemmeno loro più di tanto entusiasti. La signora Duke guardò me. Non dovette dire una singola parola mentre i minuti passavano. Sapevo cosa stesse pensando. Si sarebbe presa cura di Kaitlyn, ma stava concedendo a me e Duke l'opportunità di farlo noi stessi. Era chiaro che avesse sentito da Tucker e Gus che cosa avesse fatto Duke, ma non era stupida e le era palese come stessero le cose per noi.

Il fatto che lei fosse Quella Giusta. Che per quanto Duke fosse un fottuto idiota, avrebbe sistemato le cose. Me ne sarei assicurato io. Mi sarei anche assicurato che Kaitlyn venisse accudita, che le avremmo dimostrato, a prenscindere da quanto ci sarebbe costato, che la desideravamo per ciò che *era*. Kaitlyn Leary, a prescindere da chi fosse suo padre o da cosa avesse fatto.

Le rivolsi un cenno del capo in risposta. Da quel momento in poi, ci saremmo presi cura noi di lei. Era sotto la nostra protezione. Per quanto me la sarei voluta scopare da lì all'eternità, volevo anche amarla. Custodirla. Tenerla al sicuro.

Apparentemente soddisfatta, la signora Duke prese la mano di suo marito ed entrambi tornarono in macchina. Gli altri li seguirono, rivolgendoci un'ultima occhiata. Non aveva bisogno che la consolassero tutti, che le facessero cambiare idea riguardo a una cosa che le era stata inculcata così radicalmente. Non avevo dubbi che avrebbero accolto Kaitlyn in famiglia, adesso. Cene, shopping con le ragazze e chissà che altro. Le avrebbero mostrato cosa fosse una famiglia.

E in quel preciso istante io e Duke le avremmo mostrato come fosse avere due uomini nella sua vita. Quanto fossimo abbastanza forti da assumerci anche i suoi fardelli.

«Vieni qui, piccola,» mormorai quando la maggior parte delle lacrime fu versata, sciogliendola delicatamente dalla presa di Duke. Stringendola tra le mie braccia, le diedi un bacio sui capelli. Era calda e morbida ed era una sensazione fottutamente bellissima stringerla a me. Era proprio dove la desideravo, dove sapevo che fosse al sicuro e, presto, felice. Se io e Duke avessimo avuto voce in capitolo. Avremmo trascorso il resto delle nostre vite a rendere felice quella donna.

«Ssh. Va tutto bene adesso. Ci siamo qui noi. Non ce ne andiamo da nessuna parte. Entriamo in casa.»

Asciugandosi gli occhi, lei annuì e mi permise di condurla dentro, con una mano avvolta attorno alla sua vita. La casa era piccola. La vernice alle pareti era sbiadita, le assi del pavimento consunte. Riuscivo a vedere in cucina, fino al linoleum e ai piani di lavoro vintage, l'arredamento vecchio, ma funzionale del soggiorno. A prescindere dal fatto che avesse bisogno di seri lavori di ristrutturazione, quel posto era immacolato. Nell'aria aleggiava profumo di cannella, come di festa e pasticcini.

Mi fermai in mezzo al soggiorno, sollevandole il mento e ravviandole i capelli con i palmi delle mani. La scrutai per bene. Occhi scuri, ma contornati di rosso, lentiggini sul naso dritto, labbra piene che mi ricordavo di aver baciato. Cazzo, era bellissima. I suoi capelli erano annodati e arruffati, setosi tra le mie dita.

«Diciamo sul serio, Kaitlyn Leary. Sei quella giusta per noi.»

«Non capisco come possiate esserne così sicuri,» disse lei, la voce un po' roca per via del pianto. Avrei voluto cambiare quel fatto, arrochirgliela per un motivo del tutto diverso.

Presto, ma non ancora.

«Ti sei mai sentita a questo modo con nessun altro?» le chiesi.

Lei si mordicchiò per un istante un labbro, poi scosse la testa.

Fui pervaso da un senso di sollievo e non potei impedirmi di sorridere.

«Nemmeno io,» ammisi. «È folle, ma voglio baciarti,

abbracciarti, far sparire tutta la tua tristezza. Spero che ti abbiamo aiutata a sbarazzarti del senso di colpa.»

Lei arrossì, lanciando un'occhiata a Landon. Ci aveva seguiti in casa, attendendo in silenzio come se avesse avuto paura di incasinare ancora di più le cose.

«Vedere il signore e la signora Duke mi ha aiutata. Mi fa così piacere che stiano bene.»

«Angioletto,» praticamente gemette Landon. Si avvicinò, mettendosi al suo fianco e posandole una mano in fondo alla schiena.

«Questa mattina, ti stavo dicendo tutte le cose che avrei voluto dire a tuo padre, ma senza aver mai avuto l'occasione di farlo. Come mi sono sentito, e, merda, avevo così tanta rabbia accumulata nei suoi confronti. Quando è stato processato ed è poi finito in galera, i miei genitori si stavano ancora riprendendo. Quando è uscito, i miei genitori ci hanno fatto promettere a tutti quanti che non l'avremmo cercato. Che non gli ci saremmo avvicinati. Ed io non l'ho fatto.»

Mi ricordavo che la signora Duke l'aveva fatto promettere anche a me. Avrei ucciso quell'uomo per i Duke, seppellendone il corpo dove nessuno l'avrebbe potuto trovare se la cosa li avesse resi felici.

Ma non era stato così. Non l'avrebbe fatto. Per quanto dubitavo che Don Leary gli piacesse, perfino al giorno d'oggi, erano troppo gentili per augurarsi la morte di nessuno.

Sentire ciò che aveva fatto a Kaitlyn di sicuro aveva fatto cambiare loro idea al riguardo.

KAITLYN

. . .

Landon mi si avvicinò, mettendosi in ginocchio e stringendomi le braccia attorno alle cosce. Sorpresa, gli posai le mani sulle spalle e gridai il suo nome. Abbassai lo sguardo sul suo viso rivolto verso di me. Non aveva intenzione di lasciarmi cadere. Avevo smesso di piangere, tutte le mie emozioni erano state sfogate. Ad un certo punto, gli altri Duke se n'erano andati. Dubitavo che aver finito con tutto quello – con loro – ma quel giro sulle montagne russe era terminato. Sembrava che effettivamente piacessi a quella famiglia. Be', avevano reso piuttosto chiaro il fatto che non mi *odiassero*.

Per quanto riguardava Landon e Jed, a loro sembravo piacere *parecchio*.

E il modo in cui le mani di Landon mi stavano esplorando, non in maniera sensuale, ma come se avesse avuto bisogno di quel contatto, di sentire di avermi effettivamente di fronte a sé, ne era una prova. A parte essere confortante, rassicurante, adorante, il suo tocco mi lasciava una scia di calore sulla pelle che mi fece indurire i capezzoli e bagnare la figa. Il mio corpo non poté fare a meno di rispondergli. Era come se lo avesse *conosciuto*. Se avesse saputo che lui era una sicurezza, che quello era giusto.

«Mi dispiace così tanto, angioletto. Ti prego, perdonami.»

Annuii subito. «Ma certo. Capisco.»

Lui rilassò le spalle sotto le mie mani, i muscoli che passavano da tesi a semplicemente duri. «E capisci di essere stata innocente in tutta questa storia?»

Feci spallucce, facendogli scorrere il pollice lungo il

Un Bel Pezzo di Manzo

collo. «Credo alla tua famiglia, per cui ci sto lavorando. Ci *lavorerò*. Ma mi sento meglio.»

«Bene,» aggiunse Jed, venendomi accanto. *Proprio* accanto.

«Non devi metterti in ginocchio per scusarti,» dissi a Landon. «L'hai fatto, già un sacco di volte. Perfino di fronte alla tua famiglia.»

«Tucker mi ha detto che sarei dovuto venire da te strisciando e Julia ha aggiunto che dovevo farlo in ginocchio.»

Quell'affermazione mi strappò una risata. Quell'uomo? Striciare?

Per la prima volta da... sempre, mi sentivo bene. Leggera. Come se mi fosse stato tolto un enorme peso. Come se fossi stata voluta. A giudicare dal modo in cui quei due mi stavano guardando, anche desiderata.

Eravamo da soli insieme, quella volta consapevoli della verità. Consapevoli di tutto.

Sollevai la mano sui suoi capelli, passando le dita tra le ciocche morbide.

«È una cosa un po' folle, lo sapete, sì?» chiesi, spostando lo sguardo tra i due.

«Cosa?» chiese Jed.

«Noi.»

«Ciò che è folle è quello che provo per te,» aggiunse Landon, e Jed annuì concordando con lui.

Il mio cuore perse un battito ed io fui invasa di... speranza. Una cosa che non avevo davvero provato per un sacco di tempo. Nemmeno un'ora prima, mi ero rassegnata a nascondermi da tutti i Duke. Al fatto che quella sessione di petting estremo ed eccitante con Landon e Jed fosse stata una cosa che non si sarebbe ripetuta. Che mi odiassero. E adesso... Sopraffatta, dissi, «Lo so. Ci siamo praticamente appena conosciuti, ma mi sembra... mi sembra di conoscervi da sempre.» Mi portai le mani alle guance, sentendo quanto fossero calde. «Sta succedendo tutto così in fretta. Fa paura.»

Lui fermò le mani. «Troppo in fretta? *Noi* ti facciamo paura?»

Scossi l testa, impaziente di scoprire dove le sue mani si sarebbero spostate dopo. Le mie gli si posarono sulla nuca e le mie dita gli accarezzarono i capelli corti. Come seta. «Dio, no. Ho paura dei... dei sentimenti.»

Entrambi sogghignarono. «Piccola, possiamo farti sentire qualunque cosa.»

Oh, sì, potevano. Me lo ricordavo... no, la mia figa se lo ricordava fin troppo bene.

«Avevo pensato che magari saremmo usciti una o due volte prima che incontrassi i tuoi genitori,» borbottai, portandomi una mano ai capelli che mi scendevano lunghi sulla schiena e purtroppo erano tutti arruffati. «Stavo sistemando il tetto, non ero pronta a incontrare tutta la famiglia Duke al completo.»

Landon sogghignò e tutto il suo volto cambiò. Passò da rigido a – osavo dire – morbido? Tenero, forse. Emozionato. Sembrava che anche lui provasse speranza.

«È quello che pensavi avremmo dovuto fare dopo un appuntamento o due? Conoscere i miei genitori?»

«Non stare in mezzo a noi due a letto?» chiese Jed. «Prenderti i nostri grandi cazzi in quella tua dolce figa? Infilarci dentro quel tuo bel culetto stretto? Allargarti, modellarti alla perfezione per noi e noi soltanto?»

Arrossii. Parlava *decisamente* sporco. Mi ricordai di ciò che avevamo fatto la sera prima e non avevo nemmeno saputo come si chiamassero allora. Perché mi preoccupavo tanto adesso? La zoccola che c'era in me era uscita la sera prima. Non era ora di farla tornare a nascondersi adesso. Non *volevo* che lo facesse. Volevo quegli uomini. *Entrambi.*

Volevo vedere dove quella folle attrazione ci avrebbe portati.

Mi si contrasse la figa, impaziente di sentire di nuovo le dita di Landon lavorarsi ogni mio singolo nervo. Poi sarebbe toccato a Jed. Doppio piacere.

Sì!

«Sai, ci sono altre cose che posso fare in ginocchio a parte strisciare,» commentò lui. I suoi occhi scuri adesso erano pieni di passione e decisamente da sciogliere le mutandine.

«Oh?» risposi in un sussurro senza fiato. Mi si contrassero i muscoli per la trepidazione.

Le sue mani scivolarono verso l'alto e mi slacciarono abilmente il fermaglio dietro la schiena prima di muoversi sul davanti, sollevandomi l'orlo della maglietta e le coppe del reggiseno nello stesso momento. Il tessuto mi si arrotolò sotto il collo.

«Cazzo, sì,» ringhiò Jed, venendomi dietro, le sue mani che correvano immediatamente ai miei seni.

A Landon sfuggì un grugnito mentre si rifaceva gli occhi su ciò che aveva proprio di fronte, il modo in cui le mani di Jed mi presero e giocarono con me. Mi strattonarono i capezzoli. Mi resero immediatamente vogliosa e impaziente.

Non ce le avevo piccole, ero una quarta abbondante. Forse un po' troppo per essere tanto bassa, ma il modo in cui mi stavano guardando mi fece cambiare idea.

«Bellissima.»

Le mie mani salirono tra i capelli di Landon mentre la mia testa ricadeva all'indietro appoggiandosi alla spalla di Jed, gli occhi chiusi.

«Sensibile?» chiese lui, il suo fiato che mi colpiva l'orecchio.

«Mmmhmm.» Non ero sicura se stessi rispondendo al modo in cui stava giocando con i miei capezzoli o a quanto fosse bello che mi leccasse l'orecchio.

Le mani di Landon mi slacciarono i bottoni dei jeans, fecero scorrere la zip verso il basso e me li calarono sui fianchi.

«I tuoi seni sono perfetti, piccola. Riempiono le mani. Pesanti e morbidi. E questi capezzoli. Così rosei, così reattivi. Voglio succhiarli in bocca, mordicchiarli e vedere se riesci a venire solo a farti torturare quelli.»

Piagnucolari, agitando i fianchi di fronte alle parole sporche di Jed.

«La nostra ragazza è impaziente di avere i suoi uomini,» commentò Landon, togliendomi le scarpe e levandomi del tutto i jeans per poi gettarli via.

«Lavanda,» commentò, fissandomi le mutandine. «Il mio nuovo colore preferito.»

Un dito passò sul tessuto setoso e si avvicinò sempre più al mio clitoride fino a toccarlo. Sollevò lo sguardo su di me. Vedendolo in ginocchio di fronte a me, con le mani grandi e abbronzate di Jed che mi prendevano i seni sotto il mio naso, impennai i fianchi, cercando di ottenere più frizione, più contatto. Semplicemente di *più*. Mi sentivo come se mi stessero stuzzicando perchè sapevo cosa potevano fare con solo quelle dita. Non ero sicura che sarei riuscita a reggere il piacere di altro.

Landon mi calò e mi sfilò la biancheria intima striminzita. «Mi tengo anche queste.» Le sollevò affinché le vedessimo tutti. «Un bel punto bagnato.» Non potei non notare anche quello, sentivo quell'umidità tra le cosce.

«Adoro come la tua figa si stia preparando per bene ai nostri grandi cazzi.»

Preparando per bene? Non mi ricordavo di essere mai stata più bagnata. Oh già, la sera prima.

Le mutandine rimasero infilate nel taschino della sua camicia quando Jed abbassò una mano, me la insinuò dietro un ginocchio e me lo sollevò. Mi aprì, allargandomi le gambe per Landon.

Lui gemette quando mi vide bene per la prima volta.

«No,» commentò, leccandosi le labbra. «Il rosa è il mio colore preferito.»

13

AITLYN

Con Jed che mi teneva stretta, Landon si sporse così da toccarmi praticamente la figa col naso, inalando a fondo. «Adoro il tuo profumo. Sei tutta eccitata e impaziente di scopare, non è vero? Ti stai gocciolando sulle cosce. Ti leccherò via tutto. Riavrò il tuo sapore dolce come il miele sulla lingua.»

Landon fece proprio come aveva detto, leccando via ogni goccia di eccitazione da una coscia, poi dall'altra, la mia figa che praticamente pulsava dalla voglia che facesse lo stesso anche lì. Roteando i fianchi, lo implorai senza parole di posare la bocca su di me.

Lui sollevò lo sguardo, gli occhi scuri e passionali, la bocca bagnata che luccicava della mia essenza e mi disse, «La tua figa è bella aperta per me. Sei tutta rossa e gonfia. Zuppa. Il tuo clitoride è un nocciolo duro.»

Un Bel Pezzo di Manzo

La sua lingua saettò fuori, girando attorno a quella punta sensibile.

«Landon!» esclamai io, a un passo dall'orgasmo già solo per quello. Sollevai le braccia sopra la testa, avvolgendole dietro al collo di Jed.

Landon non disse nulla, si limitò a rivolgermi un'ultima occhiata carica di orgoglio maschile e riportare la bocca su di me. Non lasciò inesplorato nemmeno un centimetro della mia figa. Quando mi infilò dentro un dito, poi due, fino in fondo, io gettai indietro la testa e gemetti. Non avevo nemmeno saputo di avere un punto G fino a che non avevo incontrato loro. Adesso, era come un pulsante che lui premeva mandandomi praticamente subito all'orgasmo.

Jed mi fece girare la testa verso di sé e mi baciò, divorando le mie grida. Un bacio così profondo e d'effetto che non riuscii a pensare ad altro che a Jed e Landon. O alle loro bocche su di me, le loro mani. Jed mi stuzzicava e strattonava i capezzoli, pizzicandoli, aggiungendo una fitta di dolore al piacere. Landon si concentrò sul mio clitoride, succhiandolo e facendoci passare senza pietà la lingua fino a quando non venni.

Quando riaprii gli occhi, Landon era seduto sui talloni, a usare il dorso della mano per ripulirsi la bocca. Sembrava quasi compiaciuto della sua capacità di farmi venire. Arricciò un dito. «Piegati in avanti, angioletto. Concedi a Jed il suo turno.»

Ero troppo soddisfatta per discutere e mi sporsi in avanti, appoggiando le mani sulle spalle di Landon. Lui mi baciò ed io non potei non sentire il forte sapore dolciastro della mia eccitazione. Aveva ragione, aveva davvero il mio sapore sulla lingua.

Con un tonfo, Jed si gettò in ginocchio alle mie spalle, mi strattonò i fianchi per farmi piegare ancora di più e sporgere il sedere in fuori. Io lo fissai da sopra la mia spalla e lui si limitò a sogghignare. «Tocca a me assaggiarti.»

Mi divorò con spietata precisione. Mentre London aveva esplorato ogni mio singolo centimetro, leccandomi via l'orgasmo direttamente dalla fonte, Jed andò dritto al mio clitoride. Era come se Landon mi avesse preparata a venire; adesso arrivavo facilmente all'orgasmo, trovandomi al limite nel giro di mezzo minuto. Affondai le dita nelle spalle di Landon.

«Ti sei mai fatta scopare nel culo?» mi chiese lui.

Mi concentrai sul suo viso, proprio di fronte a me, e sulle sue parole.

Scuotendo la testa, piagnucolai un no.

«Ci prenderemo così tanta cura di te, riempiremo *ogni* tuo buco.»

Abbassai lo sguardo sull'inguine di Landon, sul profilo della sua erezione, lunga e spessa che gli scompariva sotto la cintura. Mi leccai le labbra, desiderando avercelo in bocca. Assaggiarlo, ma chiedendomi come avrei fatto ad infilarmi un mostro del genere giù per la gola.

Landon doveva aver percepito il mio interesse, perché si slacciò la cintura, si aprì i jeans e ne estrasse quell'enorme uccello. «Mentre Jed allena quel culo, io mi infilerò in questa bocca calda.»

Era grande come mi ricordavo. Di un rosa scuro, aveva una vena che pulsava lungo tutta l'erezione. E la punta era talmente larga che avrei dovuto spalancare la bocca per spingermela oltre le labbra. Mentre lo osservavo, del liquido preseminale gli colò fuori dalla fessura scivolando verso il basso.

«Leccamelo, angioletto, poi prendimi a fondo.»

Feci come aveva detto, per quanto fosse difficile concentrarmi con la bocca di Jed sul mio clitoride, il sapore intenso del suo seme che mi esplodeva sulla lingua.

«Cazzo,» ringhiò Landon, ed impennò i fianchi.

La consapevolezza di avere un tale controllo su di lui mi rese audace e aprii la bocca... la spalancai, sempre di più, per prenderlo.

Un pollice mi affondò nella figa, bagnandosi per bene, per poi tornare a scivolare sul mio-

Trasalii, ma il suono venne smorzato dall'uccello di Landon. Dio, aveva davvero un bel pezzo di carne ed io me lo stavo prendendo il più a fondo possibile. Il mio cervello si spense e tutto ciò che potei fare fu percepire. Cercare di far venire Landon, tanto rapidamente e facilmente quanto aveva fatto lui con me.

Lui intrecciò le dita tra i miei capelli, stringendoli.

«Così, angioletto. Succhiamelo mentre Jed si lavora quel culo. Solo il suo pollice, per ora. Apriti per lui.» Gemette quando io risucchiai in dentro le guance, me lo feci scivolare più vicino al fondo della gola.

Il palmo della mano di Jed era posato sul mio fondoschiena, il suo pollice infilato tra le mie natiche, la punta che premeva dentro di me.

«Rilassati e lasciami entrare, piccola.» Jed sollevò la testa per parlarmi, ma il calore del suo respiro mi colpì la pelle sensibile. «Ti prometto che esploderai come un cazzo di fuoco d'artificio quando lo farai.»

«Dovresti sentire la sua bocca. Come una cazzo di aspirapolvere. E dovresti vedere le sue tette da qui,» commentò Landon, per quanto Jed fosse troppo impegnato a succhiarmi di nuovo il clitoride per farlo. «Come dei frutti appesi a un ramo, pronti ad essere colti. Cazzo,» ringhiò quandi io feci saettare la lingua in un modo che gli sembrò piacere. Per cui lo feci di nuovo.

Landon mi strattonò delicatamente un capezzolo. Ci stavamo stuzzicando tutti quanti. Un cerchio di piacere.

Il pollice di Jed penetrò nella mia apertura stretta e inviolata ed io gemetti di fronte a quella insolita sensazione di venire allargata. Proprio come aveva detto lui, però, venni. Mi ritrassi dal cazzo di Landon e urlai. Rabbrividii. Mi abbandonai. Due uomini ed io mi trovavo nel mezzo. Praticamente nuda con la faccia di un uomo tra le gambe e un dito nel culo vergine. L'altro aveva tutto il mio orgasmo in faccia mentre giocava con i miei seni, il suo uccello umido della mia saliva, un rivolo di liquido preseminale che gli colava lungo l'erezione.

Non me l'ero mai immaginato. Non me l'ero mai aspettato. Non avrei mai voluto che finisse.

Le mie gambe cedettero e Jed si ritrasse. Per un istante, mi sentii vuota, ma Landon mi attirò tra le sue braccia ed io salii a cavalcioni su di lui, il suo cazzo duro in mezzo a noi. Mi tenne stretta. Al sicuro tra le sue braccia, con Jed proprio dietro di me, che mi accarezzava la schiena, le natiche.

«È arrivato il momento di spogliarci e vedere che cosa possiamo fare davvero,» disse Jed.

A me stava più che bene. Ero venuta due volte e loro avevano ancora indosso gli abiti. Be', a parte l'uccello di Landon che mi stava praticamente pulsando contro il ventre. Riuscivo a sentire il flusso continuo di liquido preseminale bagnarmi la pelle. Mi si contrasse la figa per la trepidazione al pensiero di prendermelo tutto, che fosse in bocca o nella mia figa, non come la sera prima quando mi era semplicemente finito sulla pelle. Avere Jed che giocava col mio ano era stata una sorpresa, una sorpresa oscura e sporca, ma l'avevo adorato. Dio, non ero mai venuta così forte in vita mia. Tuttavia, non ero sicura di essere pronta a infilarci uno dei loro cazzi lì dentro. Non ancora.

«Esatto. Ho i testicoli pieni di seme per te e visto come me lo stavi succhiando, sono a un passo dall'esplodere. Due cazzi, angioletto. Sono entrambi per-» Landon spostò lo sguardo di lato come se qualcosa avesse attirato la sua attenzione. «Chi cazzo è quello?»

Mi voltai di scatto, vidi una figura scura alla finestra voltarsi e cominciare a correre via.

Jed balzò in piedi e fu alla finestra più in fretta di quanto mi sarei immaginata per uno della sua stazza. Poggiò le mani sulla cornice del vetro mentre guardava fuori, poi si scostò e corse alla porta sul retro.

«Oh, mio Dio! Qualcuno ci stava guardando.»

DUKE

Ogni istinto protettivo che avevo prese vita. Ebbi il cazzo – duro come una roccia e le palle che pulsavano dalla voglia di svuotarsi – di nuovo nei pantaloni, Kaitlyn rivestita e fuori di casa, nel giro di un minuto, al sicuro nel mio furgone. L'idea che ci fosse un cazzo di pervertito che la spiava mi dava alla testa. Sapere che Jed era al suo inseguimento era l'unica cosa che mi tratteneva dal dare la caccia a quel bastardo io stesso. L'avevo quasi persa per via della mia stupidità e il fatto che mi avesse perdonato dava prova del fatto che fosse la donna perfetta. Gentile e comprensiva. Quando ero caduto in ginocchio di fronte a lei, Tucker aveva avuto ragione. Avevo dovuto strisciare. Non solo per lei, ma anche per me stesso. Mi rendeva umile,mi faceva rendere conto di quanto fosse preziosa, di quanto ciò che c'era tra noi tre fosse speciale. Degno di essere salvato. Degno di vedermi strisciare davanti a lei.

Avevo la sensazione che sarei stato spesso in ginocchio con lei. A scusarmi perchè ero un cretino. Ma anche perchè volevo venerarla. Le avevamo appena mostrato come, con lei tra i suoi due uomini. L'avremmo portata ovunque e avevamo una vita intera per farlo.

L'avrei condivisa con Jed, ma con nessun altro. Non con quello stronzo che ci aveva guardati. Non con Jed che le divorava la figa da dietro, il pollice affondato nel suo ano mentre lei mi succhiava il cazzo. Il corpo di Kaitlyn, la vista di lei eccitata, arresa alla passione che *noi* facevamo montare, le sue urla di piacere, le sue grida quando veniva... tutto quanto apparteneva a noi. A nessun altro.

Sentivo ancora il suo sapore. Conoscevo la sensazione della sua figa morbida come la seta e bagnata. Il modo in cui si contraeva e si stringeva. Il suo colore. Cazzo, era la cosa più bella che avessi mai visto. E Jed era stato abbastanza fortunato da essere il primo a infilarsi in quell'ano vergine, ad aprirla delicatamente con solo il proprio pollice. Presto si sarebbe presa i nostri cazzi, uno nel culo, l'altro nella figa. L'avremmo fatta ufficialmente nostra. L'avremmo riempita del nostro seme in entrambi i buchi e non ci sarebbe stato alcun dubbio, non si sarebbe potuta negare la verità riguardo a chi appartenesse.

Oh, avremmo reso il tutto ufficiale, una licenza di matrimonio dal tribunale, ma quella era una formalità. L'avevamo già resa nostra ed io avevo la sensazione che lei stesse appena cominciando a capirlo.

Jed aprì la portiera dal lato passeggero, salì in auto e Kaitlyn scivolò sul sedile in mezzo a noi due – proprio al suo posto, con le cosce che sfioravano le nostre. Aveva il fiato corto, il volto arrossato.

«Allora?» chiesi.

Lui prese Kaitlyn per una guancia. «Stai bene?» le chiese.

Lei annuì e lui la baciò, un bacio rapido e intenso.

«L'ho inseguito per due isolati.» Jed guardò me. «Alto circa un metro e ottanta, ottanta chili. Capelli scuri. Indossava dei jeans e una felpa chiara con cappuccio. È entrato in una cinque porte argentata e se l'è data a gambe.»

Kaitlyn si irrigidì al mio fianco. «Oddio.»

«Che c'è?» domandai.

«È Roger Beirstad.»

«Beirstad? T non andava a scuola con quello stronzo?» chiese Jed.

Io grugnii. Non mi ricordavo i dettagli circa il motivo per cui a mio fratello quel tipo non piacesse, ma non aveva importanza in quel momento. Solamente il fatto che, a trent'anni, era un cazzo di spione. Un pervertito che si era piazzato fuori dalla finestra di Kaitlyn. Dove lei di solito stava da sola.

«Perché pensi che si tratti di lui?» Avrei dato la caccia a Beirstad, l'avrei preso al lazo e legato come un cazzo di vitello, ma non avevo intenzione di prendere l'uomo sbagliato.

Kaitlyn si fissò lo sguardo in grembo. Si torturò le dita. «Siamo usciti insieme.»

Sapevo che aveva un passato, con degli uomini. Era bellissima e aveva ventisei anni. Ovvio che aveva avuto degli uomini. Ma il sentirle pronunciare quelle parole lo rese realtà. Ora volevo *veramente* dare la caccia a Beirstad per aver messo le mani sulla nostra donna.

«Non così. Non è stato come... noi. E noi non usciamo nemmeno insieme. Dio, non so come chiamarlo,» commentò lei.

No, non stavano uscendo insieme. Avevamo saltato gli appuntamenti ed eravamo passati direttamente al rapporto esclusivo nel giro di ventiquattr'ore. Il fatto che ci fosse un uomo che la spiava dalla sua cazzo di finestra significava anche che saremmo passati subito al vivere insieme. Non esisteva che avrebbe trascorso un'altra signola notte da sola senza i suoi uomini a proteggerla. L'odore della sua figa riempiva l'abitacolo del mio furgone. Era su entrambi i nostri volti, le nostre dita.

Jed mi lanciò un'occhiata da sopra la sua testa, ma restammo in silenzio.

«Siamo usciti due volte a luglio. La prima è andata piuttosto male. Nessuna scintilla. Ma dal momento che si era trattato di un appuntamento al buio organizzato da una donna della biblioteca, mi sentivo di doverci riprovare. Per cui secondo appuntamento.»

Sospirò.

«Che cazzo è successo al secondo appuntamento?» chiese Jed. «Diccelo, piccola. Ti prometto che quel tizio non ti si avvicinerà mai più.»

Lei si spinse gli occhiali sul naso. «Ha detto che ero Quella Giusta.»

Imprecai. «Non mi meraviglia che tu abbia dato di matto con noi nell'ufficio di Jed.»

Sollevando lo sguardo su di me, lei scosse la testa. «No, non è la stessa cosa. Decisamente non è la stessa cosa. Sì, dovrebbe essere altrettanto inquietante quanto in fretta stiano andando le cose tra di noi e quanto ridicolmente possessivi siate, ma non è così.»

«Che altro? Non può trattarsi di questo se si presenta a casa tua a ficcare il naso circa due mesi dopo.»

«C'erano delle condizioni. Dovevo perdere peso per essere la moglie perfetta per lui. Mi giudicava, Criticava.

Puntualizzava. Gli ho detto di no, che non ero interessata, ma lui mi ha detto che non avrei trovato un altro uomo, non essendo una Leary. Nessuno mi avrebbe desiderata.»

Merda. Non c'era da meravigliarsi che si fosse mostrata tanto turbata. Non avevo fatto che avvalorare ciò che le aveva detto quel bastardo. Avrei trascorso il resto della mia vita a fare ammenda per quello.

«Si è trattato solamente di un appuntamento a pranzo. Ho perfino pagato il conto.»

A quel punto mi rilassai. «Pranzo?» Non era un vero appuntamento.

«Sì. Alla gastronomia vicino alla biblioteca.»

«Che altro, piccola?» ripeté Jed.

«Non sembrava piacergli il fatto che gli avessi detto di non essere interessata. Si è presentato in biblioteca. L'ho visto per strada e non solo per caso. Mi osservava. E mi ha mandato dei fiori all'hotel in cui lavoro. Un biglietto, ma non ha firmato col proprio nome. E adesso questo...»

«Come ha detto Jed, non ti importunerà più.»

Accesi il furgone, immettendomi in strada.

«Dove andiamo?» chiese lei.

«A casa mia,» risposi io.

«Casa nostra,» chiarì Jed, prendendo le mani di Kaitlyn e baciandone le nocche. «La casa che condivideremo, a partire da questa sera.»

Sfruttai i comandi al volante per chiamare Tucker.

«Che succede, Gran Pezzo di Manzo? Non è passata nemmeno un'ora. Non ti si tira su? Ti servono dei puntelli?»

Jed sogghignò al commento di Tucker proveniente dal cruscotto.

Kaitlyn arrossì deliziosamente. Io le presi la mano e me la posai sul cazzo, facendole sapere che ce l'avevo duro per lei, che ce l'avrei sempre avuto tale. Dietro quegli occhiali fottutamente sexy, lei spalancò gli occhi. Dubitavo che fosse poi tanto sorpresa dopo il modo in cui le avevamo schizzato seme addosso come fontane grazie alle seghe che ci aveva menato la sera prima. Eppure, nonostante ciò, avevo le palle piene per lei.

E invece di affondare dentro la sua dolce figa, dovevamo occuparci di Beirstad.

«Puoi parlare del mio cazzo quanto vuoi, ma non adesso. Kaitlyn ha uno stalker e ci serve il tuo aiuto.»

«Dimmi tutto,» disse T, la voce dura. Fredda. Niente più battutine. Nessuno molestava un Duke e, dal momento che avevo reso più che chiaro il fatto che Kaitlyn fosse mia, anche lei era sotto la nostra protezione.

«Scopri dove vive Roger Beirstad.»

«Cazzo, Beirstad. Aspetta che lo cerco.»

Nessuno parlò mentre T effettuava la ricerca. Ci vollero circa venti secondi, ma sembrarono un'eternità. Io stringevo forte il volante, impaziente di dare la caccia a quel bastardo. Non avevo dubbi che quel tizio sarebbe tornato a casa sua a nascondersi, probabilmente ritenendosi invincibile. Poteva anche riuscire a infastidire Kaitlyn, a spaventarla... diamine, a dirle che doveva perdere peso... ma non sarebbe stato in grado di giocarsi alcun trucchetto con noi. Sarebbe stato fortunato a restare in vita una volta che avessimo finito di occuparci di lui.

«2417 Grassmere. Ci vediamo là.» Mise giù il telefono.

«Dove andiamo?» chiese Kaitlyn.

«A casa. Tu starai lì mentre noi andiamo da Beirstad.»

Lei scosse la testa. «Non esiste. Vengo con voi.»

«Assolutamente no,» controbatté Jed. «Non vogliamo che tu ti faccia del male.»

«Avete detto che mi avreste protetta ed io vi credo. Tre

grandi uomini, come se ci fosse una sola possibilità che Roger mi si avvicini.»

«Tre? T starà sicuramente chiamando anche Gus.»

«Un'altra ragione per cui ci sarò anch'io.» Lanciai un'occhiata a Jed che non parve felice.

«Se mi portate a casa vostra, arriverà prima Tucker e sarà il primo a mettere le mani su quel tizio.»

Strinsi la mascella al pensiero di qualcuno che toccava Beirstad prima di me e Jed. Stava infastidendo la nostra donna per cui saremmo stati noi i primi a prenderlo a pugni.

«D'accordo, ma resti in macchina.»

Lei mi rivolse un sorriso e capii in quell'istante di essere davvero fregato.

«Se esci da questo furgone, piccola,» la avvertì Jed. «Ti sculacceremo così forte che non riuscirai a sederti per una settimana.»

Eccome. Volevamo quel culo, ma non per menarlo. E dopo che ci fossimo occupati di Beirstad, l'avremmo avuto.

14

AITLYN

«Non riesco più ad aspettare. So già che indossi un bellissimo reggiseno color lavanda e niente mutandine. Spogliati, angioletto. Vogliamo vedere ogni singolo centimetro del tuo corpo.»

La voce di Landon era roca, le sue azioni a malapena contenute, mentre chiudeva a chiave la porta d'ingresso di casa loro. Avevano entrambi l'adrenalina che scorreva loro in corpo dopo aver affrontato Roger. Mi avevano assicurato che non mi avrebbe mai più dato fastidio ed io gli credevo. Adesso, però, tutta quell'energia repressa poteva essere usata in maniera migliore.

Nulla... finalmente non c'era più nulla a impedire loro di portarmi a letto. Ci trovavamo a casa loro – Jed aveva detto che di solito lui dormiva nel piccolo appartamento sopra al bar, ma in realtà viveva lì – ed eravamo soli.

A giudicare da come si stavano comportando, tanto

territoriali e protettivi, mi ero aspettata una vera e propria rissa sul prato di casa di Roger. Landon e Jed avevano praticamente trasudato rabbia durante il tragitto fino a casa sua. Io stessa avevo avuto voglia di tirargli un pugno, essendomi sentita tanto violata. Una cosa era darmi il tormento per più di un mese, un'altra era *effettivamente* guardarmi mentre cavalcavo la faccia ai miei uomini, uno dopo l'altro. Era stata una cosa sporca, spinta e decisamente selvaggia. Tuttavia, mi era sembrato solamente ignobile sapere che Roger ci aveva guardati. Non avevo dubbi che avrei fatto ogni genere di cosa spinta con Jed e Landon e non mi sentivo minimamente in imbarazzo al riguardo. Non mi vergognavo: mi stavano mostrando un lato della mia sessualità che non avevo mai saputo esistesse. Ero molto più passionale, molto più incline all'orgasmo di quanto mi fossi mai immaginata.

Eravamo stati i primi ad arrivare a casa di Roger – una pulita casa a due piani con una cinque porte argentata nel vialetto – ma prima che uno solo dei due raggiungesse la porta d'ingresso, avevano accostato anche Tucker e Gus. E altri due furgoni, con altri quattro grandi uomini che ne erano scesi, mettendosi i cappelli da cowboy in testa mentre raggiungevano gli altri. Del gruppo, io conoscevo solamente i fratelli Duke. Tutti cowboy del Montana grandi e grossi. In ogni caso, uno che non conoscevo era venuto ad appoggiarsi al cofano del furgone di Landon. Mi aveva fatto un cenno di saluto con la tesa del cappello, poi aveva guardato la casa. Era stato chiaro che fosse il mio babysitter.

Avrei dovuto prendermela per il fatto che i miei uomini – sì, pensavo a Landon e Jed come ai miei uomini – avessero pensato che avessi avuto bisogno di una balia, ma il solo trovarmi nei pressi di Roger mi rendeva nervosa ed ero stata felice della presenza di quell'uomo.

Era stata una protezione inutile, però, dal momento che cinque uomini sulla veranda di Roger – due avevano fatto il giro della casa, immaginai, per coprire la porta sul retro nel caso in cui Roger avesse deciso di darsela a gambe – erano impossibili da battere.

Non ero riuscita a vedere molto attraverso quella muraglia di immensi uomini, ma Roger aveva aperto la porta. Landon l'aveva spintonato all'indietro ed erano entrati in casa, chiudendosi la porta alle spalle. Ero riuscita a vedere poco attraverso la finestra, solamente un sacco di grandi cowboy del Montana. Non molto altro. Avrebbe dovuto dispiacermi per Roger viste le scarse probabilità che aveva di uscirne indenne, ma lui mi aveva guardata con Landon e Jed. Non aveva assistito a dei semplici baci. Aveva visto Landon divorarmi, poi Jed piegarmi a novanta e mettermi la bocca addosso da dietro – da dietro! – mentre mi infilava un pollice nel culo.

Nel giro di due minuti, erano tornati fuori. Landon e Jed avevano stretto la mano agli altri uomini prima che si dirigessero nuovamente alla loro auto, andandosene.

L'unica cosa che avevano detto Landon e Jed nel furgone mentre guidavamo verso casa era stata, «È finita.»

Non avevano gli abiti sgualciti. Niente occhi neri. Niente nasi o labbra sanguinanti. Nemmeno una nocca livida. Dubitavo che avessero parlato con Roger, ma non sembrava nemmeno che gli avessero messo le mani addosso.

Non avevo fatto domande, però. Oh, avrei voluto, ma per una volta, una sola volta in vita mia, ero felice del fatto che qualcun altro si fosse occupato dei miei problemi al posto mio. Di sapere che erano stati risolti. Di fidarmi di loro. Avevo avuto solamente me stessa per così tanto tempo che mi sembrava strano. Bello. Non faceva che farmi innamorare ancora di più di Landon e Jed. Mi avevano dismostrato che si sarebbero presi cura di me, che i miei problemi erano i loro.

Per cui avevo posato le mani sulle cosce dure e muscolose di entrambi e avevo stretto la presa. Quando loro me le avevano prese e se le erano posate sul cazzo, facendomi sentire quanto fossero spessi e duri, avevo capito che Landon doveva avercelo che pulsava per via del fatto che gliel'avevo succhiato senza finire per poi rimetterselo nei pantaloni. Sapevo cosa sarebbe successo dopo.

E avevo avuto ragione.

Ci trovavamo a casa loro. La porta era chiusa a chiave, Jed abbassò le serrande. Eravamo veramente soli e non ci avrebbe guardati nessuno.

Mi tolsi i vestiti, lasciandoli cadere sulle assi in legno del pavimento ai miei piedi. Non avevo alcuna modestia con loro. Non dopo quello che era successo prima. Avevano visto ogni centimetro del mio corpo da vicino in maniera intima e personale. Per quanto avessi avuto due orgasmi solamente un'ora prima, ero pronta per altri. Non ero mai stata così eccitata, così vogliosa di cazzo.

E di due, poi!

Loro mi scrutarono, ogni singolo centimetro. «Va' in camera da letto, angioletto. Voglio scoparti su un bel letto morbido.»

«Non so dove sia,» ammisi io.

Landon fece i due passi che ci separavano e mi gettò in spalla. Di nuovo. Io mi tenni gli occhiali.

«Landon! So camminare.»

Lui mi portò lungo il corridoio e mi lasciò cadere su un grande letto. Jed lo seguì e accese le luci. Pareti color ocra, una spessa moquette color crema a terra. Un letto a due piazze con una testiera in legno, comodini e comò coordinati. Una grande finestra che dava sul giardino sul retro, rigoglioso di vecchi alberi. Jed vi andò, tirando anche lì le tende.

«Anch'io voglio vedervi,» dissi, facendo scorrere lo sguardo tra i due, risistemandomi gli occhiali sul naso. Con indosso i jeans, le camicie scozzesi e gli stivali, urlavano gran pezzi di cowboy. Volevo vederli tutti.

Non gli ci volle molto per spogliarsi ed io mi sollevai sulle ginocchia per vederli meglio. Loro si avvicinarono al bordo del letto così che potessi toccarli. «Voi due *potreste* fare gli spogliarellisti,» commentai, facendo scorrere i palmi sui loro petti, con una spruzzata di peli – Jed chiari e Landon scuri – e più in basso sui loro addominali scolpiti. E i loro cazzi... facevano sembrare carenti tutti gli spogliarellisti dello spettacolo, ora. Per quanto non volessi vedere nessuno dei due rotearli in giro, di certo volevo sapere cosa fossero in grado di farci.

Se Landon era il Gran Bel Pezzo di Manzo, anche Jed era decisamente un boccone molto succulento.

«Sei ancora bagnata per noi, piccola?» chiese Jed.

Con audacia, io abbassai una mano, mi feci scorrere le dita sulla figa, raccogliendo la mia eccitazione e sollevandole in modo che la vedessero.

Landon mi afferrò le dita e se le portò alla bocca. Le succhiò. «Adoro attingere direttamente alla fonte, ma non penso che il mio cazzo possa aspettare un altro minuto prima di entrarti dentro.»

Facendo il giro del letto, si sdraiò, mi prese per i fianchi e mi attirò a cavalcioni su di sè. Mi baciò, un bacio lento e profondo con un sacco di lingua. Riuscii a sentire il letto piegarsi quando Jed si spostò, mi fece passare una mano attorno alla vita e mi sollevò a quattro zampe, facendomi scorrere le dita sulla figa.

«È zuppa e pronta,» disse.

Landon interruppe il bacio, fissandomi con quegli incredibili occhi scuri.

«Prendi dei contraccettivi?» mi chiese.

Annuii, i capelli che mi scivolavano sulla spalla. «La spirale.»

«Io ho sempre preso precauzioni. Sempre usato il preservativo. Ogni volta,» disse Landon.

«Anch'io. Non ho mai scopato senza,» aggiunse Jed. «Ci siamo conservati per farlo senza con Quella Giusta.»

«Con te.» Landon sollevò la testa e mi diede un rapido bacio. «Angioletto, vogliamo farlo senza preservativo con te, prenderti senza nulla a dividerci. Mai. Sentire la tua figa contro il mio cazzo, riempire te del mio seme, non un preservativo. Ma sta a te. Io ho fatto un casino. Un gran casino e aspetteremo così che tu possa fidarti di me, fidarti di entrambi noi.»

A quel punto sentii di amarlo. In quel preciso istante. Mi stava concedendo l'opzione di proteggermi da lui, di non concedermi a lui del tutto fino a quando non fossi stata pronta, tutto per via di come mi aveva ferita prima. Io *ero* pronta. Lo volevo, senza nulla a dividerci, proprio come avevano detto loro.

Mi fidavo eccome di lui, di entrambi. Confidavo in quello. Nel fatto che mi avrebbero tenuta al sicuro in così tanti modi.

Non dissi nulla, mi limitai a spostare i fianchi, abbassandomi fino a quando la punta larga del suo uccello non mi scivolò sulle labbra bagnate, insinuandovisi e posizionandosi proprio contro la mia apertura. Non attesi. Tutto aveva portato a quell'istante, al modo in cui mi calai su di lui, un centimetro alla volta.

Era grande. Immenso. Le labbra della mia figa si dischiusero, i miei muscoli interni si tesero man mano che entrava. Per fortuna, ero ridicolmente bagnata e ciò gli agevolò l'ingresso, ma dovetti ritrarmi e poi spingermi nuovamente verso il basso un paio di volte prima di riuscire a prenderlo tutto, prima di trovarmi seduta direttamente sulle sue cosce.

«Oh merda, la sua figa ti ha appena risucchiato,» disse Jed.

Ci aveva guardati e la cosa era ridicolmente eccitante.

«Non voglio che ci sia nulla a dividerci,» dissi, allungando una mano e posandola sulla mascella di Jed mentre ondeggiavo i fianchi.

«Cazzo, sei stupenda,» ringhiò Landon. Le sue mani mi strinsero la vita e lui mi sollevò, facendomi di nuovo ricadere giù.

Trasalii. Era stupendo eccome. Più che stupendo. Spettacolare.

«Ogni singolo centimetro di te. Eccitata e bagnata, mi stai praticamente spremendo il seme dalle palle. Cavalcami, angioletto. Fatti una cavalcata col tuo cowboy. Partiremo al galoppo selvaggio, ma ti prometto che resterai in sella per più di otto secondi.»

Incrociai il suo sguardo, poi lanciai un'occhiata a Jed. Lui mi stava osservando attentamente, ma allungò una mano, accarezzandomi la parte inferiore del seni con un dito, stuzzicandomi col pollice il capezzolo.

«Merda, mi ha spremuto il cazzo. Muoviti, angioletto, o farò la figura dell'idiota e verrò subito.»

Risi, sentendomi incredibile. Felice. Eccitata. Speranzosa. Amata.

Posando le mani sul petto di Landon, mi sollevai e mi abbassai, mossi i fianchi in circolo e praticamente mi scopai da sola sul suo enorme cazzo. Il mio clitoride gli sfregava contro ed io mi persi presto in quella sensazione. I miei occhi si chiusero ed io mi lasciai trasportare. Cavalcandolo, sempre più forte e più veloce, inseguendo il mio orgasmo. Sapevo che i miei seni stavano rimbalzando, sapevo che il rumore bagnato della nostra scopata – della mia figa – riempiva la stanza. Che stavo gemendo, incapace di trattenermi.

Jed si chinò verso di me. «Vuoi che giochi col tuo culo, piccola? Sei sensibile lì. Verrai di nuovo per me, non è vero?»

La sua mano mi scivolò lungo la schiena, il suo pollice che trovava di nuovo il mio ano. Non vi si spinse dentro come aveva fatto prima, si limitò ad applicare la più leggera delle pressioni mentre io cavalcavo l'uccello di Landon. Non avevo idea che ci fossero così tante terminazioni nervose lì, che sarebbe stato così bello.

Mi bagnai un sacco e i miei capezzoli si indurirono mentre venivo.

«Merda,» ringhiò Landon, sollevando i fianchi mentre mi attirava giù su di sè, trattenendosi a fondo.

Riuscii effettivamente a sentire i caldi fiotti del suo seme riempirmi, colarmi fuori e sporcare tutto il punto in cui eravamo uniti.

«Ah, angioletto, cazzo.» Landon aveva la mascella serrata, le guance arrossate mentre si riprendeva.

«Tocca a me,» disse Jed, sollevandomi da Landon e facendomi voltare così che mi trovai sdraiata sulla schiena. «Prenditi le ginocchia, tirale indietro. Di più. Di più. Sì, così. Cazzo, guarda il seme di Landon, ce l'hai tutto addosso.»

Jed si menò l'uccello mentre parlava, mentre mi guardava aprirmi per lui. Poggiando una mano accanto alla mia testa, si sistemò tra le mie cosce e, in un'unica spinta lenta, mi scivolò dentro fino in fondo. «Jed,» gridai io. I miei muscoli interni si contrassero e lo strinsero, adattandosi a lui, adesso.

Landon si spostò, mi prese un ginocchio e mi allargò ulteriormente.

«Sei nostra, piccola. Non si torna indietro, ormai. Cazzo, sei stupenda senza preservativo. Il modo in cui la tua figa è tanto scivolosa per via del seme di Landon. Il fatto che sia di entrambi.»

A Jed piaceva parlare sporco e lo fece mentre mi scopava. Laddove Landon mi aveva permesso di avere il controllo della cavalcata, Jed fu l'opposto. Mi stava lavorando, sfruttandomi per il proprio piacere. Tuttavia, era tanto abile da sfregarmi il clitoride ad ogni spinta, portandomi subito al limite. Io ero già pronta per lui, e avevo la sensazione che lo sarei sempre stata. Arrivavo così facilmente all'orgasmo con loro. Venire non sarebbe mai stato un problema, non come lo era stato con i ragazzi passati.

Quali altri ragazzi?

Tutto ciò che riuscivo a vedere, sentire, assaggiare, inalare erano Landon e Jed. Non volevo nulla di diverso.

Jed si chinò, succhiandomi un capezzolo in bocca. Quando lo morse delicatamente, io venni. Attraverso il ruggito che mi riempì le orecchie, sentii Landon dire, «Alla nostra ragazza piace farlo un po' violento. Penso che adorerà farsi scopare nel culo.»

«Adesso,» disse Jed in risposta, tirandosi fuori da me. «Voglio quella verginità adesso.»

Piagnucolai, ancora in preda all'orgasmo, i miei muscoli che si contraevano attorno a... nulla.

Jed mi afferrò la gamba e me la fece girare. Landon mi prese entrambe le caviglie e le sollevò. Era un bene che mi piacesse fare yoga. Avevo il sedere sollevato dal materasso mentre Jed frugava nel comodino, estraendone un boccettino di lubrificante. Niente preservativi, ma il lubrificante?

Come a leggermi nel pensiero, Landon mi disse, «Angioletto, me ne sono ricoperto la mano ieri sera dopo che sei scappata dall'ufficio di Jed. Dovevo svuotarmi di tutto quel seme che avevo prodotto per te. Farmi una sega non è stato affatto come il vero atto.»

Mentre lui parlava, Jed se ne spremette un po' lungo l'uccello, per quanto fosse già bagnato dalla mia eccitazione e dal seme di Landon, e se lo spalmò per bene.

«È arrivato il momento di aprire quel culo.»

15

 ED

Per la miseriaccia ladra, era stretta. Avevo premuto contro quel piccolo buco fino a quando il suo corpo non aveva ceduto all'inevitabile, al mio enorme cazzo. Finalmente accettava il fatto di volerlo, di aver *bisogno* di avermi affondato fino alle palle dentro di lei. Di *sapere* che l'avrei resa un'esperienza bellissima per lei.

E adesso, con le mie cosce che premevano contro il suo culo per aria, affondato il più possibile dentro di lei, stavo per esplodere come un cazzo di adolescente.

Era troppo bella. Troppo eccitante. Troppo stretta. Troppo fottutamente perfetta per durare. Dovetti pensare al baseball e alle tasse per trattenermi, poichè per quanto mi stessi prendendo il suo ano vergine, lei me l'aveva *concesso*. Quello era un dono, un cazzo di dono perfetto e non avevo intenzione di rovinare tutto. Allungando una mano tra di noi, trovai il suo clitoride, guardai il suo volto mentre respirava cercando di contrastare la pressione nel farsi aprire il culo per la prima volta. E io non ce l'avevo piccolo. No, ero certo che si sentisse come se fosse stata penetrata da una spranga di ferro. Però sarebbe venuta per prima. Per quanto mi trovassi lì dentro, non ero uno stronzo.

«È il momento di venire, piccola,» dissi. Mi colava il sudore dalla fronte e le sorrisi. Dietro quegli occhiali sexy c'erano degli occhi scuri, annebbiati dal desiderio, con la stessa necessità di prima di venire ancora. «Mi hai preso in maniera così bella.»

Abbassando lo sguardo, osservai il punto in cui eravamo uniti, come si fosse allargata per me, come ci stessi alla perfezione. E poi la sua figa, che era vuota. Presto, Duke si sarebbe trovato lì assieme a me e ci saremmo rivendicati la nostra ragazza assieme.

Per il momento... per il momento, mi sarebbe venuta sul cazzo. Avrei riempito il suo ano vergine del mio seme, marchiandola lì così che fosse rivendicata ovunque.

Trovai il suo clitoride, ci giocai, la guardai mentre mi tiravo indietro, scivolavo dentro, cominciavo a scoparmela lentamente e con prudenza fino a quando lei non cominciò a muovere i fianchi, fino a quando non arrossì lungo il collo fino alle tette sode. Fino a quando quelle non si misero ad oscillare ogni volta che mi spingevo a fondo dentro di lei.

«Vieni per Jed, angioletto. Strizza quel cazzo,» le disse Duke. Lei allungò una mano, gli prese l'uccello, lo accarezzò, come se ci avesse voluti entrambi nello stesso momento. E mentre probabilmente lui non aveva inteso il proprio cazzo quando le aveva detto di stringerlo, dubitavo che la cosa lo infastidisse. E, a giudicare dal modo in cui il suo corpo mi stava praticamente spremendo, aveva deciso di dedicarsi a entrambi.

«Hai la figa vuota?» le chiese lui, facendole scivolare una mano lungo il ventre e tra le cosce. Io spostai la mia e lo guardai insinuarle due dita dentro la figa. Le percepii attraverso la sottile membrana che ci separava e, a giudicare dal modo in cui Kaitlyn praticamente gridò il nome di Duke, doveva starle accarezzando anche il clitoride.

«Sto venendo!» urlò, sollevando il mento, chiudendo gli occhi mentre il suo corpo si tendeva e lei mi spremeva letteralmente il seme dalle palle.

Non riuscii a trattenermi un secondo di più, riversandole quelli che sembrarono litri e litri di seme a fondo nel suo ano. Probabilmente persi la vista per il piacere, le mie ossa quasi si dissolsero. Mi ritrassi con cautela, notando come la sua figa e il suo culo fossero completamente ricoperti del nostro seme prima di lasciarmi cadere sul letto accanto a lei, attirandola tra le mie braccia. Duke si sistemò dall'altro lato ed io mi addormentai subito, al settimo cielo. Avevamo trovato Quella Giusta e l'avevamo fatta nostra.

KAITLYN

«Ne siete sicuri?» chiesi, la mia mano che stringeva forte quella di Landon mentre entravamo al Cassidy.

Era passata una settimana dopo l'incidente sul prato davanti a casa mia con tutti i Duke. Non li avevo visti da allora. Diamine, non avevo visto nessuno a parte la gente a lavoro. Landon e Jed avevano occupato tutto il mio tempo. *Tutto* quanto.

Landon si fermò, tirandomi da parte nel bar e abbassando lo sguardo su di me. «Ma certo. Che succede?»

«Che cosa penseranno?»

Landon sogghignò. «Che i tuoi uomini sono pazzi di te e ti permettono di indossare abiti solo per quel tanto che basta a stare a lavoro.»

Arrossii – avevano ancora l'abilità di farmelo fare perfino dopo tutto ciò che avevamo fatto assieme. Cose che dovevano essere illegali in tredici stati. Non aveva importanza. Nulla aveva importanza a parte il modo in cui mi facevano sentire Jed e Landon... a letto e specialmente al di fuori di esso.

«Possiamo saltare l'ultima parte,» borbottai.

Lui sogghignò e mi diede un rapido bacio. «Julia ci sta facendo cenno di raggiungerla.»

Landon mi condusse attraverso i tavoli fino al punto in cui erano seduti i Duke. Ne avevano avvicinati due per far posto a tutti quanti. Il signore e la signora Duke, Tucker, Gus e Julia erano tutti lì e, a giudicare dai drink e dai piatti di antipasti che avevano di fronte, lo erano da un po'.

Landon fece un cenno verso il bar dove stava lavorando Jed. Lui mi rivolse il suo solito sorriso facile prima di servire un altro cliente.

Landon andò prima da sua madre, dandole un bacio sulla guancia, poi fece il giro del resto del tavolo. Mi sentii a disagio ad abbracciarli, ancora insicura di come mi sarei dovuta comportare con loro quando il signor Duke si alzò e mi passò un braccio attorno alle spalle. Mi sorrise e mi strinse a sé. «Mi piace vedere Landon così felice, e sapere che ne sei tu il motivo fa sì che tu mi piaccia ancora di più. Vieni a sederti e raccontaci tutto del tuo lavoro, gli amici... tutto quanto. Abbiamo molte cose da scoprire.»

«Kaitlyn!» Riconobbi la voce di Ava e mi voltai. Non la

vedevo dalla serata degli spogliarellisti, ma ci eravamo scritte dei messaggi.

Abbracciandola, le presentai i Duke. Quando arrivai a Tucker, lei spalancò gli occhi e non degnò minimamente Gus – che era l'ultimo che le avrei indicato – di alcuna attenzione. Tucker le offrì un sorriso malizioso in risposta e la invitò a sedersi accanto a sè. Lei mi abbandonò e andò a fare il giro del tavolo fino al suo lato, dove lui avvicinò una sedia in più e gliela tenne ferma mentre lei vi prendeva posto.

Landon trovò delle sedie anche per noi e la conversazione riprese a gruppetti di due o tre persone. Io mi trovavo tra il signor Duke e Landon e dissi al più anziano del tempo che avevo trascorso a scuola a studiare biblioteconomia e di come mi piacesse lavorare alla biblioteca comunale.

«Spero di continuare lì, ma di lasciare eventualmente il secondo lavoro all'hotel.»

«Hai lavorato duramente e hai ottenuto molto.»

«Una Leary non vale più di tanto. Due lavori? Proprio come tuo padre. Dovrei investirti proprio come ha fatto lui con i Duke.»

Il tavolo si fece silenzioso nel sentire quella voce. Sollevando lo sguardo, ecco Roger. Sembrava lo stesso, capelli scuri e lisci e abiti fin troppo stirati. L'unica aggiunta era un livido violaceo e giallognolo attorno a un occhio. Era chiaro che la visita che i Duke maschi – e i loro rinforzi – gli avevano fatto la settimana prima aveva avuto altri risvolti.

Landon si alzò, facendo sembrare Roger piccolo. Si alzò anche il signor Duke. Lo stesso fecero Gus e Tucker. Per quanto dubitavo che chiunque di loro si sarebbe messo a far rissa nel bar di Jed, sembrava che fossero pronti a farlo.

Un Bel Pezzo di Manzo

«Non hai colto l'antifona di stare lontano da Kaitlyn?» gli chiese Landon.

«Già, lascia in pace la mia amica!» disse Ava, alzandosi, pronta a fare il giro del tavolo e menare Roger. Tucker le passò un braccio attorno alla vita e la attirò verso di sé. La strinse forte. «Vacci piano, tigre.»

Tutti attorno a noi lo notarono e si azzittirono, osservando.

«Non la voglio, adesso. Gli avanzi sciatti non solo di un uomo, ma di due? Penso che il consiglio comunale non veda l'ora di sentire come ti stai scopando due uomini.»

A quel punto mi alzai. Per quanto imbarazzata, non avevo intenzione di permettergli di parlare a quel modo di Landon o di Jed. Non avevo nemmeno intenzione di pensare a cosa avesse assistito quando si era trovato fuori dalla mia finestra. Feci un passo verso di lui e lui sogghignò. Stringendo una mano a pungo, lo picchiai facendogli sparire quel sorrisetto dlla faccia.

«Che stronza,» sibilò lui, portandosi una mano al labbro sanguinante.

Landon mi afferrò, tirandomi indietro. «Bel colpo, pugile,» mi sussurrò.

La signora Duke si alzò e fece il giro del tavolo per mettersi accanto a suo marito. «Io faccio parte del consiglio comunale, se ricordi, Roger.» La sua voce era forte e chiara, riverberava in tutta la stanza. «Non abbiamo problemi con chi trova l'amore e la felicità. Sono sicura che tutti qui al bar conoscano non solo Jed Cassidy e mio figlio, Landon Duke, ma tutta la famiglia Duke. Sono sicura che si ricordino dell'incidente e del nostro legame con i Leary. Abbiamo ancora un legame. Uno nuovo. Uno *migliore*. Uno felice. Kaitlyn è la benvenuta e benvoluta, ed è più di quanto non si possa dire di te.»

Roger scosse la testa, per nulla dispiaciuto. «Siete spazzatura, tutti quanti.»

La signora Duke sollevò il mento, ma rimase impassibile. «Chiamaci come ti pare, ma tutti qua dentro sanno esattamente di che pasta sei fatto e sono certa che il Dottor Lamont avrà molto più lavoro da oggi in poi. Nessuno vuole farsi pulire i denti da uno stronzo.»

Tutto il locale proruppe in acclamazioni. Dovetti chiedermi che la signora Duke avesse mai detto una parolaccia prima di allora. Era... incredibile, come una feroce leonessa che proteggeva i suoi cuccioli. Ed io ero uno di essi. Fui sconvolta dalla reazione del resto della città che prendeva le parti dei Duke, di *me*. Per la prima volta da quando era tornata a Raines, mi sentivo come se quello fosse stato il mio posto, come se non fossi più stata un'estranea.

Jed si avvicinò al tavolo. Dopo avermi rivolto un rapido occhiolino, posò una mano sulla spalla di Roger. «Non sei il benvenuto qui, Beirstad. Hai oltre cinquanta testimoni che hanno assistito alle tue minacce nei confronti di Kaitlyn. I tuoi giorni da stalker sono finiti. Se Kaitlyn dovesse anche solo aggrottare la fronte, finirai in prigione. Andiamo.»

«Ti aiuto io,» si offrì Landon.

«No, ci penso io,» disse Gus. «Restate con la vostra ragazza.» Tucker lo seguì e spinsero Roger verso la porta.

«PIccola, stai bene?» mi chiese Jed, mettendomisi di fronte. Mi sollevò la mano, baciandomene le nocche indolenzite. Non avevo idea di quanto facesse male tirare un pugno a qualcuno, ma ne era decisamente valsa la pena.

«Sì, sto bene. Davvero.» Ed era così. La gente era dalla mia parte. Moltissima gente. Roger non sarebbe andato da nessuna parte, ma io non avevo più paura di lui.

«Ti serve qualcosa?» mi chiese Landon, il suo sguardo

Un Bel Pezzo di Manzo

che scorreva sul mio volto come se avesse voluto che scoppiassi in lacrime o altro. «Del ghiaccio per quella mano?»

Non avevo bisogno di ghiaccio. In effetti, non mi sentivo triste, turbata o arrabbiata. Mi sentivo... arrapata.

Sollevandomi in punta di piedi, sussurrai al suo orecchio. «Ho bisogno di voi. Subito.»

Lui spalancò gli occhi e il suo sguardo si fece subito passionale.

«Subito?» ripeté.

Mi morsi un labbro e annuii. Abbassando lo sguardo, notai il modo in cui l'uccello gli si gonfiò nelle mutande. I giornali potevano anche averlo chiamato Gran Bel Pezzo di Manzo, ma ero io l'unica a sapere che fosse vero. A sapere che ogni singolo centimetro di quel pezzo di carne fosse *tutto* mio.

Jed si intromise, ma mantenne la voce bassa. «Il mio ufficio. Tu, piegata a novanta sulla mia scrivania.»

Dio, adoravo anche il *suo* bel pezzo di carne. Lo volevo. Ne avevo bisogno.

Subito.

Avevo le mutandine rovinate già solo per quelle poche parole. Presto, l'avrebbero scoperto.

Jed si chinò in avanti e mi gettò in spalla.

«Jed!» strillai, afferrandomi gli occhiali mentre venivo trascinata via lontano dai Duke – che riuscivo a sentire che ci lanciavano saluti e se la ridevano – e lungo il corridoio sul retro. Chiaramente, non dava loro fastidio il fatto che ci saremmo persi la cena settimanale.

«Piccola, tutti sanno che sei nostra e adesso sapranno che ti manteniamo felice.»

Era vero. Non ero mai stata così felice come lo ero con

Landon e Jed. Era passata solamente una settimana, ma ero pronta a trascorrere il resto della mia vita con loro.

Prima, però, avrei dato loro le mie mutandine bagnate e loro mi avrebbero dato una bella scopata. Ogni giorno per il resto delle nostre vite. Proprio come tutti noi desideravamo.

NOTA DI VANESSA

Indovina un po? Abbiamo alcuni contenuti bonus per te.

Clicca qui per leggere!

oppure vai qui:

http://vanessavaleauthor.com/v/db

ISCRIVITI ALLA NEWSLETTER

Unisciti alla mailing list per essere informato per primo su nuove uscite, libri gratuiti, premi speciali e altri omaggi dell'autore.

http://vanessavaleauthor.com/v/db

TUTTI I LIBRI DI VANESSA VALE IN LINGUA ITALIANA

Clicca qui!

o vai a:

http://vanessavaleauthor.com/v/11n

L'AUTORE

Vanessa Vale, autrice bestseller di USA Today, è famosa per i suoi romanzi d'amore, tra cui la serie di romanzi storici di Bridgewater e altre avventure romantiche contemporanee. Con oltre un milione di libri venduti, Vanessa racconta storie di ragazzacci che quando si trovano l'amore, non si fermano davanti a niente. I suoi libri vengono tradotti in tutto il mondo e sono disponibili in versione cartacea, e-book, audio e persino come gioco online. Quando non scrive, Vanessa si gode la follia di allevare due giovani ragazzi e capire quanti pasti può preparare con una pentola a pressione. Certo, non sarà tanto brava con i social quanto i suoi bambini, ma adora interagire con le lettrici.

facebook.com/vanessavaleauthor
instagram.com/iamvanessavale
bookbub.com/profile/vanessa-vale

www.ingramcontent.com/pod-product-compliance
Lightning Source LLC
LaVergne TN
LVHW011835060526
838200LV00053B/4036